faj 1.

IIIIIIII 0667647

Gneus

St Jean Chrysostomus

695

18/3

LES

AUTEURS GRECS

EXPLIQUÉS D'APRÈS UNE MÉTHODE NOUVELLE

PAR DEUX TRADUCTIONS FRANÇAISES

Cet ouvrage a été expliqué littéralement, traduit en français et annoté par M. Sommer, agrégé des classes supérieures, docteur ès lettres.

Imprimerie de Ch. Lahure (ancienne maison Crapelet)
rue de Vaugirard, 9, près de l'Odéon.

LES
AUTEURS GRECS

EXPLIQUÉS D'APRÈS UNE MÉTHODE NOUVELLE

PAR DEUX TRADUCTIONS FRANÇAISES

L'UNE LITTÉRALE ET JUXTALINÉAIRE PRÉSENTANT LE MOT A MOT FRANÇAIS
EN REGARD DES MOTS GRECS CORRESPONDANTS
L'AUTRE CORRECTE ET PRÉCÉDÉE DU TEXTE GREC

avec des sommaires et des notes

PAR UNE SOCIÉTÉ DE PROFESSEURS

ET D'HELLÉNISTES

———

St JEAN CHRYSOSTOME

HOMÉLIE SUR LE RETOUR DE L'ÉVÊQUE FLAVIEN

———

PARIS

LIBRAIRIE DE L. HACHETTE ET Cie

RUE PIERRE-SARRAZIN, N° 14

(Près de l'École de Médecine)

—

1853

AVIS

RELATIF A LA TRADUCTION JUXTALINÉAIRE.

On a réuni par des traits les mots français qui traduisent un seul mot grec.

On a imprimé en *italiques* les mots qu'il était nécessaire d'ajouter pour rendre intelligible la traduction littérale, et qui n'avaient pas leur équivalent dans le grec.

Enfin, les mots placés entre parenthèses doivent être considérés comme une seconde explication, plus intelligible que la version littérale.

NOTICE

SUR SAINT JEAN CHRYSOSTOME.

Saint Jean Chrysostome naquit à Antioche, vers l'an 344. Élevé par sa mère, veuve à l'âge de vingt ans, qui l'initia de bonne heure à la pratique des vertus chrétiennes, il fréquenta l'école du rhéteur païen Libanius. Celui-ci pressentit la gloire future de son élève; il s'attacha à lui, et, plus tard, à son lit de mort, il regrettait de ne pouvoir léguer le soin de son école au jeune Chrysostome, déjà célèbre par son éloquence : « Hélas, s'écriait-il avec douleur, les chrétiens nous l'ont ravi par un sacrilège! »

Chrysostome débuta d'abord au barreau d'Antioche; mais bientôt, ravi de la lecture des livres saints, il se voua à la prédication évangélique. Nommé lecteur de l'église d'Antioche, il en remplit quelque temps les fonctions. Mais cette vie paisible ne suffisant point à son âme ardente, il forma le projet de se retirer au désert; les prières de sa mère purent seules l'en détourner. Plus tard, pour se dérober à sa popularité croissante et aux instances des chrétiens d'Antioche qui voulaient le faire évêque, il se réfugia dans une solitude voisine de cette ville, et y passa quelques années. Ce fut là qu'il écrivit son *Traité du sacerdoce*, où, en insistant sur la gravité des fonctions épiscopales, il s'excuse de ne les avoir pas acceptées.

Après être rentré dans Antioche, il remplit bientôt cette ville et l'Orient entier de la renommée de son éloquence et de ses vertus. Il protégea contre la colère de Théodose ses concitoyens qui, dans une émeute, avaient renversé les statues de l'empereur et maltraité les officiers impériaux. En 397, le siége patriarcal de Constantinople étant devenu vacant, Eutrope, ministre de l'empereur Arcadius, lui conféra cette importante dignité. Cependant, n'ayant pu faire de Chrysostome un instrument de son ambition, il s'éloigna de lui.

1

Mais, bientôt, disgracié par l'empereur et poursuivi par le peuple qui demandait sa mort, Eutrope ne trouva d'asile que dans l'église de Sainte-Sophie, au pied même de la chaire pontificale, du haut de laquelle Chrysostome défendit de sa parole le ministre proscrit.

Cependant l'éloquence hardie de Chrysostome, la liberté de ses censures déplurent à l'impératrice Eudoxie, femme avide et corrompue. Elle le fit exiler près du mont Taurus, et ensuite sur les bords du Pont-Euxin. Ce fut là qu'affaibli par l'âge et par les fatigues, il mourut à Comane, bourgade du Pont, en 407.

« L'éloquence de Chrysostome, dit M. Villemain, a sans doute, pour des modernes, une sorte de diffusion asiatique. Les grandes images empruntées à la nature y reviennent souvent. Son style est plus éclatant que varié; c'est la splendeur de cette lumière éblouissante et toujours égale, qui brille sur les campagnes de la Syrie. Toutefois, en lisant ses ouvrages, on ne peut se croire si près de la barbarie du moyen âge. On se dit : la société va-t-elle renaître sous un culte nouveau, et remonter vers une époque supérieure à l'antiquité sans lui ressembler? Le génie d'un grand homme vous a fait cette illusion. Vous regardez encore, et vous voyez tomber l'empire démantelé de toutes parts. »

ARGUMENT ANALYTIQUE

DE L'HOMÉLIE DE SAINT JEAN CHRYSOSTOME

SUR LE RETOUR DE L'ÉVÊQUE FLAVIEN.

Au mois de février de l'an 387, les habitants d'Antioche, capitale de la Syrie, irrités du poids des impôts, se soulevèrent et brisèrent les statues de l'empereur Théodose, de sa femme Placilla ou Flaccilla Augusta, de sa fille Pulchérie et de ses deux fils Arcadius et Honorius. Après ce premier moment d'effervescence, Antioche effrayée se hâta de députer l'évêque Flavien auprès de l'empereur, pour essayer de fléchir son courroux. Théodose était d'autant plus vivement irrité que, depuis qu'il était monté sur le trône, il n'avait cessé de combler Antioche des marques de sa bonté. Flavien rencontra en route des commissaires qui avaient ordre de punir exemplairement la ville rebelle et de la réduire à n'être plus qu'une simple bourgade; elle devait perdre son titre de métropole, voir raser ses monuments, ses écoles et ses bains publics : une punition particulière était réservée en outre aux principaux auteurs de la sédition. Flavien obtint des commissaires impériaux qu'ils attendraient des instructions nouvelles avant d'exécuter les ordres terribles dont ils étaient chargés, et, arrivé à Constantinople, il fut assez heureux pour apaiser la colère de Théodose.

Flavien était parti depuis plus d'un mois, lorsqu'un courrier qui le précédait de quelques jours apporta cette bonne nouvelle et annonça le retour de l'évêque. On célébrait les fêtes de Pâques; saint Chrysostome qui, depuis le départ de Flavien, n'avait cesser de relever le courage du peuple par d'admirables discours qui nous sont parvenus au nombre de vingt, monte alors en chaire et prononce l'homélie suivante.

On peut rapprocher de l'homélie de saint Jean Chrysostome l'éloquent discours du rhéteur Libanius, qui s'efforça aussi de fléchir Théodose en faveur d'Antioche sa patrie.

I. Quelle reconnaissance la ville d'Antioche ne doit-elle pas à Dieu, qui vient de lui accorder plus qu'elle n'avait demandé, plus même qu'elle n'avait osé espérer?

II. Cette bonté est l'effet de la pieuse confiance de la ville qui, dans un si grand danger, s'est tournée uniquement vers la protection divine.

III. Dieu a récompensé aussi le dévouement du saint évêque; oubliant son grand âge, les rigueurs de la saison, une sœur chérie qu'il laissait près de rendre le dernier soupir, Flavien a tout sacrifié pour le salut d'Antioche.

IV. Départ de Flavien; sa douleur lorsqu'il rencontre les commissaires chargés des ordres de vengeance de l'empereur.

V. Flavien entre dans le palais de Théodose, et attendrit le cœur de ce prince par sa muette douleur. L'empereur se plaint, mais sans colère, de l'ingratitude des habitants d'Antioche.

VI. Discours de Flavien : Il reconnaît combien Antioche s'est montrée ingrate et coupable; mais, si sévère que soit la punition que l'empereur lui réserve, elle sera moins terrible que le désespoir et la honte qui ont suivi la faute.

VII. C'est l'envie du démon qui a soulevé la sédition d'Antioche : c'est le démon que Théodose doit punir en montrant de l'indulgence pour cette malheureuse ville et en lui continuant sa faveur.

VIII. Théodose, par cette conduite chrétienne, s'élèvera dans le cœur des hommes des statues plus durables que l'airain et plus précieuses que l'or.

IX. Qu'il imite le noble exemple de Constantin; qu'il ne démente pas les paroles de bonté qu'il a prononcées lui-même dans une circonstance récente. Jamais plus grande occasion de manifester sa clémence ne s'est offerte à lui.

X. La gloire de Théodose et la gloire de la religion chrétienne sont intéressées à ce qu'il pardonne.

XI. Qu'il ne craigne pas, comme quelques-uns l'insinuent, que sa clémence envers Antioche diminue dans d'autres villes le respect dû à son autorité. Cette attente terrible du châtiment est la peine la plus forte qui puisse atteindre des rebelles.

XII. En pardonnant, Théodose s'assure en un seul jour l'amour de toute la terre ; car la bonté a plus de puissance que les armées et les trésors.

XIII. L'exemple de Théodose sera une leçon pour les princes à venir, et il aura sa part de gloire dans les actions généreuses de tous ceux qui l'imiteront.

XIV. Ce qui rehaussera encore la grandeur du pardon, c'est que Théodose aura cédé aux prières d'un humble prêtre et aura respecté dans sa bouche la parole de l'Évangile.

XV. Que si l'empereur persévère dans ses projets et veut punir la ville coupable, Flavien renonce à une cité que le meilleur des princes n'aura pas jugée digne de son pardon.

XVI. Le discours de Flavien a ému l'empereur ; il prononce le pardon d'Antioche et presse le pasteur de porter à son troupeau cette heureuse nouvelle.

XVII. Que les habitants rendent grâces à Dieu, non-seulement du pardon qui leur est accordé, mais encore des désordres qui ont éclaté dans leur ville ; car toute cette histoire servira à l'instruction de leurs descendants.

ΙΩΑΝΝΟΥ ΤΟΥ ΧΡΥΣΟΣΤΟΜΟΥ

ΟΜΙΛΙΑ

ΕΙΣ ΤΗΝ ΕΠΑΝΟΔΟΝ ΤΟΥ ΕΠΙΣΚΟΠΟΥ ΦΛΑΒΙΑΝΟΥ.

———

I. Ἀπὸ τῆς ῥήσεως ἀφ' ἧς ἀεὶ παρὰ τὸν καιρὸν τῶν κινδύνων πρὸς τὴν ὑμετέραν εἰώθειν ἀγάπην προοιμιάζεσθαι, ἀπὸ τῆς
αὐτῆς ταύτης καὶ σήμερον ἄρξομαι τοῦ πρὸς ὑμᾶς λόγου, καὶ
ἐρῶ μεθ' ὑμῶν· Εὐλογητὸς ὁ Θεὸς, ὁ τὴν ἱερὰν ταύτην ἑορτὴν [1]
μετὰ χαρᾶς καὶ εὐφροσύνης πολλῆς καταξιώσας ἡμᾶς ἐπιτελέσαι
σήμερον, καὶ τὴν κεφαλὴν ἀποδοὺς τῷ σώματι, καὶ τὸν ποιμένα
τοῖς προβάτοις, τὸν διδάσκαλον τοῖς μαθηταῖς, τὸν στρατηγὸν
τοῖς στρατιώταις, τὸν ἀρχιερέα τοῖς ἱερεῦσιν. Εὐλογητὸς ὁ Θεὸς,
ὁ ποιῶν ὑπερεκπερισσοῦ ὧν αἰτούμεθα ἢ νοοῦμεν.

Ἡμῖν μὲν γὰρ ἀρκοῦν εἶναι ἐδόκει τὸ τῶν ἐπικειμένων τέως
ἀπαλλαγῆναι τῶν κακῶν, καὶ ὑπὲρ τούτου πᾶσαν ἐποιούμεθα

I. La parole que je n'ai cessé de redire en commençant tous mes
discours pendant les jours du danger sera encore aujourd'hui, mes
frères, celle qui me servira d'exorde, et je m'écrierai avec vous :
Béni soit Dieu, qui a permis que nous célébrions cette sainte fête
avec des transports de joie et d'allégresse, qui a rendu la tête au
corps, le pasteur aux brebis, le maître aux disciples, le général aux
soldats, le grand prêtre aux prêtres. Béni soit Dieu qui accomplit
plus que nous ne demandions, que nous ne songions même.

Nous eussions été satisfaits de nous voir délivrés des maux suspendus jusqu'à ce moment sur nos têtes, et c'était là l'objet de toutes

SAINT JEAN CHRYSOSTOME.

HOMÉLIE

SUR LE RETOUR DE L'ÉVÊQUE FLAVIEN.

---

1. Ἀπὸ τῆς ῥήσεως,
ἀπὸ ἧς ἀεὶ εἰώθειν
προοιμιάζεσθαι
πρὸς τὴν ὑμετέραν ἀγάπην
παρὰ τὸν καιρὸν τῶν κινδύνων,
ἄρξομαι καὶ σήμερον
ἀπὸ ταύτης τῆς αὐτῆς
τοῦ λόγου πρὸς ὑμᾶς,
καὶ ἐρῶ μετὰ ὑμῶν ·
Εὐλογητὸς ὁ Θεὸς,
ὁ καταξιώσας
ἡμᾶς ἐπιτελέσαι σήμερον
ταύτην τὴν ἱερὰν ἑορτὴν
μετὰ χαρᾶς
καὶ εὐφροσύνης πολλῆς,
καὶ ἀποδοὺς
τὴν κεφαλὴν τῷ σώματι,
καὶ τὸν ποιμένα τοῖς προβάτοις,
τὸν διδάσκαλον τοῖς μαθηταῖς,
τὸν στρατηγὸν τοῖς στρατιώταις,
τὸν ἀρχιερέα τοῖς ἱερεῦσιν.
Εὐλογητὸς ὁ Θεὸς,
ὁ ποιῶν ὑπερεκπερισσοῦ
ὧν αἰτούμεθα
ἢ νοοῦμεν.
Τὸ μὲν γὰρ ἀπαλλαγῆναι
τῶν κακῶν
ἐπικειμένων τέως,
ἐδόκει ἡμῖν ἀρκοῦν

1. Par la parole,
par laquelle toujours j'avais-coutume
de faire-mon-exorde [chers frères]
en parlant à votre affection (à vous,
pendant le moment des dangers,
je commencerai aussi aujourd'hui
par cette *parole* même
le discours *que j'adresse* à vous,
et je dirai avec vous :
Béni *soit* le Dieu,
celui qui a-bien-voulu
nous accomplir aujourd'hui
cette sainte fête
avec allégresse
et satisfaction grande,
et qui a rendu
la tête au corps,
et le pasteur aux brebis,
le maître aux disciples,
le général aux soldats,
le grand-prêtre aux prêtres.
Béni *soit* le Dieu,
celui qui fait beaucoup-plus
que les choses que nous demandons
ou avons-dans-l'esprit.
Car être débarrassés
des maux   [qu'ici
placés (suspendus)-sur *nos têtes* jus-
semblait à nous suffisant,

τὴν ἱκετηρίαν· ὁ δὲ φιλάνθρωπος Θεὸς, καὶ τῇ δόσει τὰς αἰτήσεις ἡμῶν ἀεὶ νικῶν μετὰ πολλῆς τῆς ὑπερβολῆς, καὶ τὸν πατέρα ἡμῖν θᾶττον ἐλπίδος ἁπάσης ἀπέδωκε. Τίς γὰρ ἂν προσεδόκη- σεν ὅτι ἐν οὕτως ὀλίγαις ἡμέραις[1] καὶ ἀπελεύσεται, καὶ διαλέξε- ται τῷ βασιλεῖ, καὶ λύσει τὰ δεινὰ, καὶ πάλιν ἐπανήξει πρὸς ἡμᾶς οὕτω ταχέως, ὡς καὶ τὸ Πάσχα τὸ ἱερὸν δυνηθῆναι φθάσαι καὶ μεθ’ ἡμῶν ἐπιτελέσαι; Ἀλλ’ ἰδοὺ γέγονε τὸ ἀπροσδόκητον τοῦτο, καὶ τὸν πατέρα ἀπειλήφαμεν, καὶ μείζονα καρπούμεθα τὴν ἡδονὴν τῷ παρ’ ἐλπίδα αὐτὸν ἀπολαβεῖν νῦν. Ὑπὲρ δὴ τού- των ἁπάντων εὐχαριστῶμεν τῷ φιλανθρώπῳ Θεῷ, καὶ θαυμά- ζωμεν αὐτοῦ τὴν δύναμιν, καὶ τὴν φιλανθρωπίαν, καὶ τὴν σο- φίαν, καὶ τὴν κηδεμονίαν τὴν ὑπὲρ τῆς πόλεως γεγενημένην. Ὁ μὲν γὰρ διάβολος καταδῦσαι πᾶσαν αὐτὴν ἐπεχείρησε διὰ τῶν

nos prières; mais le Dieu de bonté, qui par l’infinie grandeur de ses dons surpasse toujours nos demandes, nous rend notre père plus vite que nous n’eussions osé l’espérer. Qui aurait cru qu’en si peu de jours il s’éloignerait de nous, s’entretiendrait avec le prince, dissi- perait nos dangers et reviendrait assez tôt pour devancer la sainte Pâque et la célébrer avec nous? Et pourtant ce que nous ne pou- vions attendre s’est réalisé; nous avons revu notre père, et nous en éprouvons d’autant plus de joie que nous le revoyons contre notre espérance. Rendons grâce de tous ces bienfaits au Dieu de bonté, admirons sa puissance, sa clémence, sa sagesse et la protection dont il a couvert cette ville. Le démon avait tenté de la détruire tout en-

καὶ ἐποιούμεθα	et nous faisions
πᾶσαν τὴν ἱκετηρίαν	toute notre supplication
ὑπὲρ τούτου·	pour *obtenir* ceci ;
ὁ δὲ Θεὸς φιλάνθρωπος,	mais le Dieu ami-des-hommes,
καὶ ἀεὶ νικῶν	et toujours vainquant (dépassant)
τῇ δόσει	par le don
μετὰ τῆς ὑπερβολῆς πολλῆς	avec le (un) surcroît considérable
τὰς αἰτήσεις ἡμῶν,	les demandes de nous,
καὶ ἀπέδωκεν ἡμῖν τὸν πατέρα	aussi a rendu à nous notre père
θᾶττον ἁπάσης ἐλπίδος.	plus vite que toute espérance.
Τίς γὰρ ἂν προσεδόκησεν	Car qui se serait attendu [nombreux)
ὅτι ἐν ἡμέραις οὕτως ὀλίγαις	que dans des jours si petits (peu
καὶ ἀπελεύσεται,	et il partira,
καὶ διαλέξεται τῷ βασιλεῖ,	et il s'entretiendra-avec le roi,
καὶ λύσει τὰ δεινὰ,	et il dissipera les dangers,
καὶ πάλιν ἐπανήξει πρὸς ἡμᾶς	et de nouveau il reviendra vers nous
οὕτω ταχέως,	si vite,
ὡς καὶ δυνηθῆναι φθάσαι	que même avoir pu devancer
τὸ Πάσχα τὸ ἱερὸν	la Pâque sainte
καὶ ἐπιτελέσαι μετὰ ἡμῶν ;	et *l'*accomplir (la célébrer) avec nous?
Ἀλλὰ ἰδοὺ	Mais voici-que
τοῦτο τὸ ἀπροσδόκητον γέγονε,	cette chose inattendue est arrivée,
καὶ ἀπειλήφαμεν τὸν πατέρα,	et nous avons recouvré notre père,
καὶ καρπούμεθα	et nous recueillons
τὴν ἡδονὴν μείζονα	le plaisir plus grand
τῷ ἀπολαβεῖν αὐτὸν νῦν	pour le avoir recouvré lui maintenant
παρὰ ἐλπίδα.	au delà de (contre) *notre* espérance.
Εὐχαριστῶμεν δὴ	Rendons-grâces donc
ὑπὲρ ἁπάντων τούτων	pour toutes ces choses
τῷ Θεῷ φιλανθρώπῳ,	au Dieu ami-des-hommes,
καὶ θαυμάζωμεν	et admirons
τὴν δύναμιν αὐτοῦ,	la puissance de lui,
καὶ τὴν φιλανθρωπίαν,	et son amitié-pour-les-hommes,
καὶ τὴν σοφίαν,	et sa sagesse,
καὶ τὴν κηδεμονίαν	et la protection
τὴν γεγενημένην	celle qui a eu-lieu
ὑπὲρ τῆς πόλεως.	pour la ville.
Ὁ μὲν γὰρ διάβολος ἐπεχείρησε	Car le diable a tenté
καταδῦσαι αὐτὴν πᾶσαν	de submerger elle tout-entière
διὰ τῶν τολμηθέντων·	par les choses qui ont été osées ;

1.

τολμηθέντων· ὁ δὲ Θεὸς καὶ τὴν πόλιν καὶ τὸν ἱερέα καὶ τὸν βασιλέα διὰ ταύτης ἐκόσμησε τῆς συμφορᾶς, καὶ λαμπροτέρους
πάντας ἀπέφηνεν.

II. Ἡ πόλις μὲν γὰρ ηὐδοκίμησεν, ὅτι, κινδύνου τοιούτου
καταλαβόντος, παραδραμοῦσα πάντας τοὺς ἐν δυναστείαις, τοὺς
πλοῦτον πολὺν περιβεβλημένους, τοὺς μεγάλην παρὰ βασιλεῖ
δύναμιν ἔχοντας, ἐπὶ τὴν Ἐκκλησίαν καὶ τὸν ἱερέα τοῦ Θεοῦ
κατέφυγε, καὶ μετὰ πολλῆς τῆς πίστεως τῆς ἄνωθεν ἑαυτὴν ἐξ-
εκρέμασεν ἐλπίδος. Πολλῶν γοῦν μετὰ τὴν ἀποδημίαν τοῦ κοινοῦ πατέρος τοὺς τὸ δεσμωτήριον οἰκοῦντας[1] θορυβούντων, καὶ
λεγόντων ὡς οὐκ ἀφίησι τῆς ὀργῆς ὁ βασιλεύς, ἀλλὰ παροξύνεται
μειζόνως, καὶ περὶ κατασκαφῆς ὁλοκλήρου τῆς πόλεως βουλεύε-
ται, καὶ ἕτερα πολλῷ πλείονα τούτων θρυλλούντων, οἱ δεδεμέ-
νοι τότε οὐδὲν ἐγίνοντο ἐκ τῆς φήμης ταύτης δειλότεροι· ἀλλ᾽
ἡμῶν λεγόντων ὡς ψευδῆ ταῦτα, καὶ διαβόλου μαγγανείας ἐστὶν

tière en lui inspirant tant d'audace ; mais Dieu s'est servi de ce
malheur pour illustrer et la ville et le prêtre et le prince, et pour
rehausser encore leur éclat.

II. La ville s'est honorée en ce que, dans un si grand et si soudain
péril, dédaignant tous ceux qui exercent l'autorité, tous ceux que
revêt l'opulence, tous ceux dont l'influence est grande auprès de
l'empereur, elle a cherché son refuge vers l'Église, vers le prêtre de
Dieu, et qu'avec une foi sans réserve elle a fait dépendre tout son
espoir du ciel. Aussi, quand, après le départ de notre père commun,
ou venait de tous côtés troubler ceux que retenait la prison, quand
on leur disait que la colère de l'empereur, loin de s'apaiser, ne faisait que s'aigrir davantage, qu'il méditait de détruire la cité de fond
en comble, quand à tous ces bruits venaient s'en joindre bien d'autres encore, les prisonniers ne se laissaient nullement abattre par ces
propos. Nous leur disions que c'étaient là des mensonges, des arti-

ὁ δὲ Θεὸς ἐκόσμησε	mais Dieu a orné
καὶ τὴν πόλιν καὶ τὸν ἱερέα	et la ville et le prêtre
καὶ τὸν βασιλέα	et le roi
διὰ ταύτης τῆς συμφορᾶς,	par cette conjoncture,
καὶ ἀπέφηνε πάντας	et les a fait-voir tous
λαμπροτέρους.	plus éclatants.
II. Ἡ πόλις μὲν γὰρ	II. Car la ville
ηὐδοκίμησεν,	a acquis-bonne-réputation,
ὅτι, τοιούτου κινδύνου	parce que, un tel danger
καταλαβόντος,	l'ayant surprise, [côté)
παραδραμοῦσα	ayant couru-par-devant (laissé de
πάντας τοὺς ἐν δυναστείαις,	tous ceux étant dans des puissances,
τοὺς περιβεβλημένους	ceux entourés
πλοῦτον πολὺν,	d'une richesse considérable,
τοὺς ἔχοντας μεγάλην δύναμιν	ceux ayant un grand pouvoir
παρὰ βασιλεῖ,	auprès du roi,
κατέφυγεν ἐπὶ τὴν Ἐκκλησίαν	elle s'est réfugiée vers l'Église
καὶ τὸν ἱερέα τοῦ Θεοῦ,	et le prêtre de Dieu,
καὶ μετὰ τῆς πίστεως πολλῆς	et avec la foi considérable
ἐξεκρέμασεν ἑαυτὴν	a suspendu elle-même
τῆς ἐλπίδος ἄνω.	à l'espérance d'en haut.
Πολλῶν γοῦν,	Beaucoup donc,
μετὰ τὴν ἀποδημίαν	après le départ
τοῦ πατέρος κοινοῦ,	du père commun,
θορυβούντων	troublant (voulant effrayer)
τοὺς οἰκοῦντας τὸ δεσμωτήριον,	ceux qui habitaient la prison,
καὶ λεγόντων ὡς ὁ βασιλεὺς	et disant que le roi
οὐκ ἀφίησι τῆς ὀργῆς,	ne relâche rien de sa colère,
ἀλλὰ παροξύνεται μειζόνως,	mais est aigri plus grandement,
καὶ βούλεται	et délibère
περὶ κατασκαφῆς ὁλοκλήρου	sur une destruction universelle
τῆς πόλεως,	de la ville,
καὶ θρυλλούντων ἕτερα	et répétant d'autres choses [les-ci,
πολλῷ πλείονα τούτων,	beaucoup plus nombreuses que cel-
οἱ δεδεμένοι τότε	ceux enchaînés (emprisonnés) alors
ἐγίνοντο οὐδὲν δειλότεροι	ne devenaient en rien plus craintifs
ἐκ ταύτης τῆς φήμης·	d'après cette rumeur ;
ἀλλὰ ἡμῶν λεγόντων	mais nous leur disant
ὡς ταῦτα ψευδῆ,	que ces choses sont fausses,
καί ἐστιν ἔργα	et sont les œuvres

ἔργα, βουλομένου καταβαλεῖν ὑμῶν τὰ φρονήματα· « Οὐδὲν
δεόμεθα τῆς διὰ λόγων παρακλήσεως, πρὸς ἡμᾶς ἔλεγον· ἴσμεν
γὰρ οὗ τὴν ἀρχὴν κατεφύγομεν[1], καὶ ποίας ἐλπίδος ἑαυτοὺς ἐξ-
εκρεμάσαμεν· τῆς ἱερᾶς ἀγκύρας τὴν σωτηρίαν ἡμῶν ἐξηρτή-
σαμεν, οὐχ ἀνθρώπῳ ταύτην ἐνεπιστεύσαμεν, ἀλλὰ τῷ παντο-
δυνάμῳ Θεῷ. Διὸ δὴ καὶ θαῤῥοῦμεν χρηστὸν ἔσεσθαι τὸ τέλος
πάντως· οὐ γάρ ἐστιν, οὐκ ἔστι τὴν ἐλπίδα ταύτην καταισχυν-
θῆναί ποτε. » Τοῦτο ἀντὶ πόσων στεφάνων, ἀντὶ πόσων ἐγκωμίων ἀρκέσει τῇ πόλει ; Πόσην ἐπισπάσεται τοῦ Θεοῦ τὴν εὔνοιαν καὶ ἐν τοῖς λοιποῖς πράγμασιν ; Οὐ γάρ ἐστιν, οὐκ ἔστι
τῆς τυχούσης ψυχῆς, ἐν τῇ τῶν πειρασμῶν ἐπαγωγῇ νήφειν, καὶ
πρὸς τὸν Θεὸν βλέπειν, καὶ πάντων καταγελάσασαν τῶν ἀνθρω-
πίνων πρὸς ἐκείνην κεχηνέναι τὴν συμμαχίαν.

fices du diable, jaloux de détruire leur noble confiance; mais ils
nous répondaient : « Nous n'avons pas besoin que la parole nous
console; nous savons quel refuge nous avons choisi tout d'abord,
quelle espérance nous avons embrassée; nous avons fondé notre salut
sur l'ancre sainte; nous ne l'avons pas confié à un homme, mais au
Dieu tout-puissant. Aussi sommes-nous assurés que tout finira bien;
car il n'est pas possible, non, il n'est pas possible qu'un pareil espoir
soit jamais confondu. » Ces paroles ne sont-elles pas plus glorieuses
pour la ville que mille couronnes et mille louanges? Quels trésors
de bienveillance ne lui mériteront-elles pas dans l'avenir de la part
de Dieu ? Car il n'est pas donné, non, il n'est pas donné à une âme
vulgaire d'être sage au moment des épreuves, d'élever ses regards
vers Dieu et de mépriser tous les secours humains pour ne soupirer
qu'après son aide.

μαγγανείας διαβόλου,	de la magie du diable,
βουλομένου καταβαλεῖν	qui veut abattre
τὰ φρονήματα ὑμῶν·	les sentiments-confiants de vous :
« Δεόμεθα οὐδὲν	« Nous n'avons-besoin en rien
τῆς παρακλήσεως διὰ λόγων,	de la consolation par des discours,
ἔλεγον πρὸς ἡμᾶς·	disaient-ils à nous :
ἴσμεν γὰρ	car nous savons
οὗ κατεφύγομεν	où nous nous sommes réfugiés
τὴν ἀρχὴν,	*dans* le principe,
καὶ ποίας ἐλπίδος	et à quelle espérance
ἐξεκρεμάσαμεν ἑαυτούς·	nous avons suspendu nous-mêmes ;
ἐξηρτήσαμεν	nous avons fait-dépendre
τῆς ἱερᾶς ἀγκύρας	de la sainte ancre
τὴν σωτηρίαν ἡμῶν,	le salut de nous,
οὐκ ἐνεπιστεύσαμεν ταύτην	nous n'avons pas confié celui-ci
ἀνθρώπῳ,	à un homme,
ἀλλὰ τῷ Θεῷ παντοδυνάμῳ.	mais au Dieu tout-puissant.
Διὸ δὴ καὶ	*C'est* pourquoi donc aussi
θαρροῦμεν	nous avons-confiance
τὸ τέλος ἔσεσθαι χρηστὸν	la fin devoir être bonne
πάντως·	de-toute-façon ; [*possible*
οὐ γάρ ἐστιν, οὐκ ἔστι	car il n'est pas *possible*, il n'est pas
ταύτην τὴν ἐλπίδα	cette espérance
καταισχυνθῆναί ποτε. »	être confondue jamais. » [nes,
Ἀντὶ πόσων στεφάνων,	A-la-place-de combien-de couron-
ἀντὶ πόσων ἐγκωμίων	à-la-place-de combien-d'éloges
τοῦτο ἀρκέσει τῇ πόλει ;	ceci suffira-t-il à la ville ?
Πόσην ἐπισπάσεται	Combien-grande *ceci* attirera-t-il
τὴν εὔνοιαν τοῦ Θεοῦ	la bienveillance de Dieu
καὶ ἐν τοῖς λοιποῖς πράγμασιν ;	aussi dans le reste-des affaires ?
Οὐ γάρ ἐστιν,	Car ce n'est pas *un privilége*,
οὐκ ἔστι	*ce* n'est pas *un privilége*
τῆς ψυχῆς τυχούσης,	de l'âme qui s'est rencontrée (la pre-
νήφειν	d'avoir-son-bon-sens [mière venue),
ἐν τῇ ἐπαγωγῇ τῶν πειρασμῶν,	dans l'invasion des épreuves,
καὶ βλέπειν πρὸς τὸν Θεὸν,	et de regarder vers Dieu,
καὶ καταγελάσασαν	et s'étant moquée
πάντων τῶν ἀνθρωπίνων	de toutes les choses humaines
κεχηνέναι	d'avoir-la-bouche-ouverte (aspirer)
πρὸς ἐκείνην τὴν συμμαχίαν.	vers (à) cette alliance.

III. Ἡ μὲν οὖν πόλις οὕτως ηὐδοκίμησεν, ὁ δὲ ἱερεὺς πάλιν οὐχ ἧττον ἤπερ ἡ πόλις. Τὴν γὰρ ἑαυτοῦ ψυχὴν ὑπὲρ πάντων ἔδωκε, καὶ πολλῶν ὄντων τῶν κωλυόντων, τοῦ χειμῶνος, τῆς ἡλικίας, τῆς ἑορτῆς, καὶ οὐκ ἔλαττον τῆς ἀδελφῆς πρὸς ἐσχάτας οὔσης ἀναπνοὰς, ἁπάντων ὑψηλότερος ἐγένετο τῶν κωλυμάτων, καὶ οὐκ εἶπε πρὸς ἑαυτόν· « Τί τοῦτο; ἡ μόνη περιλειφθεῖσα ἡμῖν ἀδελφή, καὶ μετ' ἐμοῦ τὸν ζυγὸν ἕλκουσα τοῦ Χριστοῦ, καὶ τοσοῦτόν μοι συνοικήσασα χρόνον, πρὸς ἐσχάτας ἐστὶ νῦν ἀναπνοάς· ἡμεῖς δὲ αὐτὴν καταλείψαντες ἀπελευσόμεθα, καὶ οὐκ ὀψόμεθα ἐκπνέουσαν, καὶ τὰς τελευταίας ἀφεῖσαν φωνάς; Ἀλλ' αὐτὴ μὲν καθ' ἑκάστην ηὔχετο τὴν ἡμέραν, ἡμᾶς καὶ ὀφθαλμοὺς καθελεῖν, καὶ στόμα συνελεῖν, καὶ περιστεῖλαι, καὶ τὰ ἄλλα πάντα πρὸς τὸν τάφον ἐπιμελήσασθαι· νυνὶ δὲ, καθάπερ ἔρημός τις καὶ ἀπροστάτευτος, οὐδενὸς ἐπιτεύξεται τούτων παρὰ τοῦ

III. La ville s'est donc honorée ainsi, et le prêtre non moins que la ville. Il a offert sa vie pour nous tous, et quoique retenu par mille empêchements, par la saison, par son âge, par cette fête, surtout par une sœur près de rendre le dernier soupir, il s'est élevé au-dessus de tous les obstacles, et il ne s'est point dit : « Eh! quoi, l'unique sœur qui me reste, celle qui a porté avec moi le joug du Christ, celle qui a si longtemps partagé ma demeure, va exhaler son dernier souffle; et moi, je l'abandonnerai, je m'éloignerai, je ne la verrai point expirer, je n'entendrai point ses paroles dernières? Pourtant elle faisait des vœux chaque jour pour que son frère lui fermât les yeux, lui réunît les lèvres, l'ensevelît, prît soin enfin de tous ces devoirs funèbres; et voilà que, semblable à une femme abandonnée et sans protecteur, elle n'obtiendra rien de ce frère de

III. Ἡ μὲν οὖν πόλις	III. La ville donc
ηὐδοκίμησεν οὕτως,	a acquis-bonne-réputation ainsi,
ὁ δὲ ἱερεὺς πάλιν	et le prêtre d'un-autre-côté
οὐχ ἧττον ἤπερ ἡ πόλις.	non moins que la ville.
Ἔδωκε γὰρ τὴν ψυχὴν ἑαυτοῦ	Car il a donné la vie de lui-même
ὑπὲρ πάντων,	pour tous,
καὶ τῶν κωλυόντων	et les choses qui l'empêchaient
ὄντων πολλῶν,	étant nombreuses,
τοῦ χειμῶνος,	l'hiver,
τῆς ἡλικίας, τῆς ἑορτῆς,	l'âge, la fête,
καὶ οὐκ ἔλαττον τῆς ἀδελφῆς	et non moins que tout cela sa sœur
οὔσης πρὸς ἐσχάτας ἀναπνοὰς,	qui était aux derniers soupirs, [sus]
ἐγένετο ὑψηλότερος	il a été plus élevé (il s'est mis au-des-
πάντων τῶν κωλυμάτων,	que (de) tous les empêchements,
καὶ οὐκ εἶπε πρὸς ἑαυτόν·	et n'a pas dit à lui-même :
« Τί τοῦτο;	« Qu'est-ce que ceci ?
ἡ μόνη ἀδελφὴ	la seule sœur
περιλειφθεῖσα ἡμῖν,	laissée à nous,
καὶ ἕλκουσα μετὰ ἐμοῦ	et qui traîne (porte) avec moi
τὸν ζυγὸν τοῦ Χριστοῦ,	le joug du Christ,
καὶ συνοικήσασά μοι	et qui a habité-avec moi
τοσοῦτον χρόνον,	pendant tant-de-temps,
ἐστὶ νῦν πρὸς ἐσχάτας ἀναπνοάς·	est maintenant aux derniers soupirs ;
ἡμεῖς δὲ ἀπελευσόμεθα	et nous, nous nous en irons
καταλείψαντες αὐτὴν,	ayant laissé elle,
καὶ οὐκ ὀψόμεθα ἐκπνέουσαν,	et ne la verrons pas expirant,
καὶ ἀφεῖσαν	et émettant
τὰς τελευταίας φωνάς;	les derniers sons ?
Ἀλλὰ αὐτὴ μὲν ηὔχετο	Mais elle à la vérité priait
κατὰ ἑκάστην τὴν ἡμέραν,	par chaque jour (tous les jours),
ἡμᾶς καὶ καθελεῖν ὀφθαλμοὺς,	nous et lui abaisser (fermer) les yeux,
καὶ συνελεῖν στόμα,	et lui réunir la bouche,
καὶ περιστεῖλαι,	et l'ensevelir,
καὶ ἐπιμελήσασθαι	et prendre-soin
πάντα τὰ ἄλλα	de toutes les autres choses
πρὸς τὸν τάφον·	pour la sépulture ;
νυνὶ δὲ,	et maintenant,
καθάπερ τις ἔρημος	comme une femme abandonnée
καὶ ἀπροστάτευτος,	et sans-protecteur,
ἐπιτεύξεται οὐδενὸς τούτων	elle n'obtiendra aucune de ces choses

ἀδελφοῦ, παρ' οὗ μάλιστα ἐπεθύμει τυχεῖν, ἀλλ' ἀφιεῖσα τὴν
ψυχὴν, οὐκ ὄψεται τὸν πάντων αὐτῇ ποθεινότερον ; Καὶ πόσων
οὐκ ἔσται θανάτων αὐτῇ τοῦτο βαρύτερον ; Εἰ γὰρ καὶ πόρρωθεν
ἀφειστήκειν, οὐκ ἔδει δραμεῖν, καὶ πάντα ποιῆσαι καὶ παθεῖν,
ὥστε ταύτην αὐτῇ παρασχεῖν τὴν χάριν ; Νῦν δὲ πλησίον ὢν
ἐγκαταλείψω, καὶ ἀφεὶς ἀπελεύσομαι ; Καὶ πῶς οἴσει τὰς μετὰ
ταῦτα ἡμέρας ; »

    Ἀλλ' οὐδὲν τούτων οὐ μόνον οὐκ εἶπεν, ἀλλ' οὐδὲ ἐνενόησεν,
ἀλλὰ καὶ πάσης συγγενείας τὸν τοῦ Θεοῦ προτιμήσας φόβον,
ἔγνω τοῦτο καλῶς, ὅτι, καθάπερ τὸν κυβερνήτην[1] οἱ χειμῶνες,
καὶ τὸν στρατηγὸν οἱ κίνδυνοι, οὕτω καὶ τὸν ἱερέα ὁ πειρασμὸς
ποιεῖ φαίνεσθαι. « Πάντες, φησὶ, πρὸς ἡμᾶς κεχήνασι καὶ Ἰουδαῖοι καὶ Ἕλληνες· μὴ καταισχύνωμεν αὐτῶν τὰς περὶ ἡμῶν
ἐλπίδας, μηδὲ τοσοῦτον περιΐδωμεν ναυάγιον, ἀλλὰ τὰ καθ' ἡμᾶς

qui elle souhaitait si vivement tout obtenir, et elle rendra l'âme
sans voir le plus cher objet de ses désirs ! Ne sera-ce donc pas plus
pénible pour elle que toutes les morts ensemble ? Si j'étais éloigné
d'elle, ne devrais-je pas accourir, tout faire, tout souffrir, pour lui
rendre cet office ? Et maintenant que je suis près d'elle, je partirai,
je la délaisserai ? Comment supportera-t-elle les jours de mon ab-
sence ? »

    Il n'a rien dit, il n'a même rien pensé de semblable ; mais esti-
mant plus que tous les liens du sang la crainte de Dieu, il a compris
avec raison que, si les tempêtes font connaître le pilote, les périls
le chef d'armée, les temps d'épreuve font aussi connaître le prêtre.
« Tous les Juifs, s'est-il dit, tous les Gentils ont les yeux fixés sur
nous ; ne confondons pas les espérances qu'ils ont mises en nous,
ne soyons pas indifférents à un si triste naufrage ; confions à Dieu

παρὰ τοῦ ἀδελφοῦ, — de la part-de-son-frère,
παρὰ οὗ ἐπεθύμει μάλιστα — de qui elle désirait le plus
τυχεῖν, — *les* obtenir,
ἀλλὰ ἀφιεῖσα τὴν ψυχὴν — mais émettant (rendant) son âme
οὐκ ὄψεται — elle ne verra pas
τὸν ποθεινότερον πάντων αὐτῇ; — celui plus désiré que tous à elle?
Καὶ πόσων θανάτων — Et que combien-de morts   [nible]
τοῦτο οὐκ ἔσται βαρύτερον — ceci ne sera-t-il pas plus pesant (pé-
αὐτῇ; — pour elle?
Εἰ γὰρ ἀφειστήκειν πόῤῥωθεν, — Car si j'étais-distant de loin,
οὐκ ἔδει δραμεῖν, — ne fallait-il pas courir,
καὶ ποιῆσαι καὶ παθεῖν πάντα, — et faire et souffrir toutes choses,
ὥστε παρασχεῖν αὐτῇ — de-manière-à rendre à elle
ταύτην τὴν χάριν; — cette grâce?
Νῦν δὲ ὢν πλησίον — Mais maintenant étant près
ἐγκαταλείψω, — je l'abandonnerai,
καὶ ἀφεὶς ἀπελεύσομαι; — et l'ayant laissée je m'en irai?
Καὶ πῶς οἴσει — Et comment supportera-t-elle
τὰς ἡμέρας — les jours   [part)?»
μετὰ ταῦτα;» — après ces choses (qui suivront ce dé-
Ἀλλὰ οὐ μόνον οὐκ εἶπεν, — Mais non-seulement il n'a pas dit,
ἀλλὰ οὐδὲ ἐνενόησεν — mais il n'a pas même songé
οὐδὲν τούτων, — aucune de ces choses,
ἀλλὰ προτιμήσας — mais ayant estimé-plus
καὶ πάσης συγγενείας — même que tout lien-du-sang
τὸν φόβον τοῦ Θεοῦ, — la crainte de Dieu,
ἔγνω τοῦτο καλῶς, ὅτι, — il a compris ceci bien, que,
καθάπερ οἱ χειμῶνες — comme les tempêtes
τὸν κυβερνήτην, — *font paraître* le pilote,
καὶ οἱ κίνδυνοι τὸν στρατηγὸν, — et les périls le général,
οὕτω καὶ ὁ πειρασμὸς — ainsi aussi l'épreuve (la calamité)
ποιεῖ τὸν ἱερέα φαίνεσθαι. — fait le prêtre paraître.
«Πάντες, φησὶ, — «Tous, dit-il,
καὶ Ἰουδαῖοι καὶ Ἕλληνες — et Juifs et Gentils   [fixés sur) nous;
κεχήνασι πρὸς ἡμᾶς· — ont-la-bouche-ouverte vers (les yeux
μὴ καταισχύνωμεν — ne confondons pas
τὰς ἐλπίδας αὐτῶν περὶ ἡμῶν, — les espérances d'eux sur nous,
μηδὲ περιίδωμεν — et ne voyons-pas-avec-indifférence
τοσοῦτον ναυάγιον, — un si-grand naufrage,
ἀλλὰ ἐπιτρέψαντες τῷ Θεῷ — mais ayant confié à Dieu

ἐπιτρέψαντες τῷ Θεῷ πάντα, καὶ τὴν ψυχὴν αὐτὴν ἐκδῶμεν. »
Καὶ σκόπει ἱερέως μεγαλοψυχίαν, καὶ Θεοῦ φιλανθρωπίαν · ὧν
ὑπερεῖδεν ἁπάντων, τούτων ἀπέλαυσεν ἁπάντων, ἵνα καὶ τῆς προ-
θυμίας τὸν μισθὸν λάβῃ, καὶ διὰ τῆς ἀπολαύσεως τῆς παρὰ προσδοκίαν μείζονος ἐπιτύχῃ τῆς ἡδονῆς. Εἵλετο τὴν ἑορτὴν ἐπὶ τῆς
ἀλλοτρίας καὶ πόῤῥω τῶν οἰκείων ἐπιτελέσαι διὰ τὴν τῆς πόλεως σωτηρίαν · ὁ δὲ Θεὸς πρὸ τοῦ Πάσχα ἡμῖν αὐτὸν ἀπέδωκεν,
ὥστε κοινὴν μεθ' ἡμῶν τὴν ἑορτὴν ἀγαγεῖν, ἵνα καὶ τῆς προαι-
ρέσεως ἔχῃ τὸν μισθόν, καὶ τῆς εὐφροσύνης ἀπολαύσῃ μείζονος.
Οὐκ ἔδεισε τὴν ὥραν τοῦ ἔτους, καὶ θέρος παρὰ πάντα γέγονε
τῆς ἀποδημίας τὸν καιρόν. Οὐχ ὑπελογίσατο τὴν ἡλικίαν, καὶ
καθάπερ νέος καὶ σφριγῶν[1], οὕτω μετ' εὐκολίας διέδραμε τὴν
μακρὰν ταύτην ὁδόν. Οὐκ ἐνενόησε τὴν τελευτὴν τῆς ἀδελφῆς,

tout ce qui nous regarde, et offrons même notre vie. » Mais consi-
dérez la magnimité du prêtre et la bonté de Dieu : il a joui de tout
ce qu'il avait sacrifié, et en même temps qu'il obtenait ainsi la récompense de son zèle, il trouvait un charme plus vif dans le plaisir
qu'il n'espérait plus. Il s'était résigné, pour sauver la ville, à célébrer la fête sur la terre étrangère et loin des siens ; mais Dieu nous
l'a rendu avant la Pâque, afin que, célébrant cette fête avec nous, il
reçût le prix de sa résignation et ressentît une plus douce joie. Il
n'avait pas redouté cette saison de l'année, et un véritable été a ré-
gné pendant tout le temps de son voyage. Il n'avait pas tenu compte
de son âge, et il a parcouru cette route si longue avec autant de faci-
lité qu'un jeune homme plein de séve. Il n'avait pas songé à la fin
de sa sœur, cette pensée ne l'avait point amolli ; à son retour il l'a

πάντα τὰ κατὰ ἡμᾶς,	toutes les choses concernant nous,
ἐκδῶμεν καὶ τὴν ψυχὴν αὐτήν.»	donnons aussi notre vie même. »
Καὶ σκόπει	Et examine
μεγαλοψυχίαν ἱερέως	la grandeur-d'âme du prêtre
καὶ φιλανθρωπίαν Θεοῦ·	et l'humanité de Dieu :
ἀπέλαυσεν ἁπάντων τούτων,	il a joui de toutes ces choses,
ὧν ὑπερεῖδεν ἁπάντων,	qu'il a méprisées (sacrifiées) toutes,
ἵνα καὶ λάβῃ	afin que et il reçût
τὸν μισθὸν τῆς προθυμίας,	la récompense de son dévouement,
καὶ ἐπιτύχῃ	et il rencontrât
τῆς ἡδονῆς μείζονος	le plaisir plus grand
διὰ τῆς ἀπολαύσεως	par la jouissance
τῆς παρὰ προσδοκίαν.	celle contre *son* attente. [plir la fête
Εἵλετο ἐπιτελέσαι τὴν ἑορτὴν	Il a choisi de (s'est résigné à) accom-
ἐπὶ τῆς ἀλλοτρίας	sur la *terre* étrangère
καὶ πόρρω τῶν οἰκείων	et loin des siens
διὰ τὴν σωτηρίαν τῆς πόλεως·	pour le salut de la ville ;
ὁ δὲ Θεὸς	mais Dieu
ἀπέδωκεν αὐτὸν ἡμῖν	a rendu lui à nous
πρὸ τοῦ Πάσχα,	avant la Pâque,
ὥστε ἀγαγεῖν τὴν ἑορτὴν	de-manière-à mener (passer) la fête
κοινὴν μετὰ ἡμῶν,	commune (en commun) avec nous,
ἵνα καὶ ἔχῃ τὸν μισθὸν	afin que et il eût la récompense
τῆς προαιρέσεως,	de son choix (de sa résignation),
καὶ ἀπολαύσῃ	et il jouît
τῆς εὐφροσύνης μείζονος.	du contentement plus grand.
Οὐκ ἔδεισε	Il n'a pas craint
τὴν ὥραν τοῦ ἔτους,	la saison de l'année,
καὶ θέρος γέγονε	et un été a existé (régné)
παρὰ πάντα τὸν καιρὸν	pendant tout le temps
τῆς ἀποδημίας.	de son voyage.
Οὐχ ὑπελογίσατο τὴν ἡλικίαν,	Il n'a pas tenu-compte-de son âge,
καὶ καθάπερ νέος	et comme *étant* jeune
καὶ σφριγῶν,	et étant-plein-de-séve,
οὕτω διέδραμε μετὰ εὐκολίας	ainsi il a parcouru avec facilité
ταύτην τὴν μακρὰν ὁδόν.	cette longue route.
Οὐκ ἐνενόησε	Il n'a pas songé
τὴν τελευτὴν τῆς ἀδελφῆς,	à la fin de sa sœur,
οὐδὲ κατεμαλάχθη,	et n'a pas été amolli *par cette pensée*,
καὶ ἐπανελθὼν	et étant revenu

οὐδὲ κατεμαλάχθη, καὶ ἐπανελθὼν ζῶσαν αὐτὴν κατείληφε· καὶ πάντων, ὧν ὑπερεῖδε πάντων, ἐπέτυχε.

Καὶ ὁ μὲν ἱερεὺς οὕτως εὐδόκιμος γέγονε παρὰ Θεῷ καὶ ἀνθρώποις· τὸν βασιλέα δὲ τοῦ διαδήματος λαμπρότερον τοῦτο τὸ πρᾶγμα ἐκόσμησε. Πρῶτον μὲν δῆλον ἐγένετο ὅτι, ἅπερ οὐδενὶ ἑτέρῳ, ταῦτα χαριεῖται τοῖς ἱερεῦσιν· ἔπειτα, ὅτι καὶ μετὰ πολλοῦ τοῦ τάχους τὴν χάριν ἔδωκε, καὶ τὴν ὀργὴν ἔλυσεν. Ἀλλ' ἵνα σαφέστερον καὶ τοῦ βασιλέως τὴν μεγαλοψυχίαν, καὶ τοῦ ἱερέως τὴν σοφίαν, καὶ πρὸ τούτων ἀμφοτέρων τοῦ Θεοῦ μάθητε τὴν φιλανθρωπίαν, δότε μοι μικρὰ τῆς ἐκεῖ γεγενημένης δημηγορίας διηγήσασθαι πρὸς ὑμᾶς. Ἐρῶ δὲ ἃ παρά τινος τῶν ἔνδον ἑστώτων [1] ἔμαθον· ὁ μὲν γὰρ πατὴρ οὐδὲν οὔτε μικρὸν οὔτε μέγα εἶπε πρὸς ἡμᾶς, ἀλλὰ, τὴν Παύλου μεγαλοψυχίαν μιμούμενος, ἀεὶ τὰ οἰκεῖα κρύπτει κατορθώματα, καὶ πρὸς τοὺς ἐρωτῶντας πανταχοῦ, τί πρὸς τὸν βασιλέα εἶπε, καὶ πῶς ἔπεισε, καὶ

retrouvée vivante, et il est rentré en possession de tout ce qu'il avait sacrifié.

C'est ainsi que le prêtre s'est honoré aux yeux de Dieu et à ceux des hommes; quant à l'empereur, ce qui vient de se passer lui a donné plus d'éclat que son diadème. Il a témoigné d'abord qu'il accorderait aux prêtres ce qu'il refuserait à tout autre; puis il a montré le plus grand empressement à nous donner notre grâce et à faire taire son courroux. Mais pour que vous connaissiez mieux encore et la magnanimité du prince, et la sagesse du prêtre, et par-dessus tout la bonté de Dieu, souffrez que je vous redise quelque chose des discours qui se sont tenus alors. Je vous rapporterai ce que j'ai appris d'un de ceux qui se trouvaient dans le palais; car notre père ne nous a dit ni peu ni beaucoup à ce sujet, mais imitant la grandeur d'âme de Paul, il cache constamment ses propres mérites : ainsi, à ceux qui l'interrogeaient de toutes parts sur ce qu'il avait dit à l'empereur, sur les moyens dont il s'était servi pour le persuader

κατείληφεν αὐτὴν ζῶσαν·   il a trouvé elle vivante;

καὶ ἐπέτυχε   et il a obtenu

πάντων   toutes les choses   [toutes.

ὧν ὑπερεῖδε πάντων.   qu'il avait dédaignées (sacrifiées)

Καὶ ὁ μὲν ἱερεὺς   Et le prêtre à la vérité

γέγονεν οὕτως εὐδόκιμος   est devenu ainsi glorieux

παρὰ Θεῷ καὶ ἀνθρώποις·   auprès de Dieu et des hommes ;

τοῦτο δὲ τὸ πρᾶγμα   mais ce fait

ἐκόσμησε τὸν βασιλέα   a orné le roi   [diadème.

λαμπρότερον τοῦ διαδήματος.   d'une-manière-plus-éclatante que le

Πρῶτον μὲν ἐγένετο δῆλον   D'abord il est devenu évident

ὅτι χαριεῖται τοῖς ἱερεῦσι   qu'il accordera aux prêtres

ταῦτα,   ces choses,

ἅπερ οὐδενὶ ἑτέρῳ·   qu'*il n'accordera* à aucun autre;

ἔπειτα, ὅτι καὶ ἔδωκε τὴν χάριν   ensuite, que et il a donné la grâce

καὶ ἔλυσε τὴν ὀργὴν   et il a dissipé sa colère

μετὰ τοῦ τάχους πολλοῦ.   avec la promptitude grande.

Ἀλλὰ ἵνα μάθητε   Mais afin que vous appreniez

σαφέστερον   plus clairement

καὶ τὴν μεγαλοψυχίαν   et la magnanimité

τοῦ βασιλέως,   du roi,

καὶ τὴν σοφίαν τοῦ ἱερέως,   et la sagesse du prêtre,

καὶ πρὸ τούτων ἀμφοτέρων   et avant ces deux choses

τὴν φιλανθρωπίαν τοῦ Θεοῦ,   l'humanité du Dieu,   [à vous

δότε μοι διηγήσασθαι πρὸς ὑμᾶς   donnez (permettez)-moi de raconter

μικρὰ   de petits (courts) *passages*

τῆς δημηγορίας γεγενημένης ἐκεῖ.   de la harangue qui a eu-lieu là-bas.

Ἐρῶ δὲ   Or je dirai *des choses*

ἃ ἔμαθον παρά τινος   que j'ai apprises de quelqu'un

τῶν ἑστώτων ἔνδον·   de ceux qui se tenaient en dedans;

ὁ μὲν γὰρ πατὴρ εἶπε πρὸς ἡμᾶς   car le père *n'*a dit à nous

οὐδὲν οὔτε μικρὸν οὔτε μέγα,   rien ni de petit ni de grand,

ἀλλὰ, μιμούμενος   mais, imitant

τὴν μεγαλοψυχίαν Παύλου,   la magnanimité de Paul,

κρύπτει ἀεὶ   il cache toujours

τὰ οἰκεῖα κατορθώματα,   ses propres actions-droites (mérites),

καὶ ἔλεγε ταῦτα τὰ ῥήματα   et il disait ces paroles

πρὸς τοὺς ἐρωτῶντας πανταχοῦ,   à ceux qui l'interrogeaient partout,

τί εἶπε πρὸς τὸν βασιλέα,   quoi il avait dit au roi,

καὶ πῶς ἔπεισε,   et comment il *l'*avait persuadé,

πῶς αὐτοῦ τὴν ὀργὴν ἐξέβαλεν ἅπασαν, ταῦτα ἔλεγε τὰ ῥήματα·
« Οὐδὲν ἡμεῖς εἰς τὸ πρᾶγμα εἰσηνέγκαμεν, ἀλλ' αὐτὸς ὁ βασιλεὺς, τοῦ Θεοῦ μαλάξαντος αὐτοῦ τὴν καρδίαν, καὶ πρὸ τῶν
ἡμετέρων ῥημάτων πᾶσαν ἀφῆκε τὴν ὀργὴν, καὶ τὸν θυμὸν
ἔλυσε, καὶ περὶ τῶν γεγενημένων διαλεγόμενος, ὡς ἑτέρου τινὸς
ὑβρισθέντος, οὕτω τὰ συμβάντα ἅπαντα χωρὶς ὀργῆς διηγεῖτο. »
Ἀλλ' ἅπερ οὗτος ἀπέκρυψεν ἀπὸ ταπεινοφροσύνης, ταῦτα ὁ
Θεὸς εἰς μέσον ἐξήνεγκε. Τίνα δέ ἐστι ταῦτα; μικρὸν ἀνωτέρω
τὸν λόγον ἀγαγὼν ὑμῖν διηγήσομαι.

IV. Ἐπειδὴ γὰρ ἐξῆλθε τῆς πόλεως, πάντας ἐν τοσαύτῃ
καταλιπὼν ἀθυμίᾳ, πολλῷ δεινότερα ἡμῶν ἔπασχε, τῶν ἐν αὐτοῖς ὄντων τοῖς δεινοῖς. Πρῶτον μὲν γὰρ συγγενόμενος κατὰ μέσην τὴν ὁδὸν τοῖς ἐπὶ τὴν ἐξέτασιν τῶν γεγενημένων παρὰ τοῦ
βασιλέως πεμφθεῖσι, καὶ μαθὼν παρ' ἐκείνων ἐφ' οἷς ἦσαν ἀπεσταλμένοι, καὶ τὰ καταληψόμενα τὴν πόλιν ἀναλογιζόμενος

et éteindre tout son ressentiment, il répondait en ces termes:
«Nous n'y avons été pour rien; l'empereur lui-même, dont Dieu
avait adouci le cœur, a étouffé sa colère et apaisé son courroux avant
que nous eussions ouvert la bouche; et parlant de tout ce qui s'est
passé, il en rappelait tous les détails sans amertume, comme si tout
autre que lui eût été outragé. » Mais ce qu'il a caché par humilité,
Dieu l'a mis au grand jour. Comment donc les choses se sont-elles
passées? C'est ce que je vais vous faire savoir, en reprenant d'un
peu plus haut mon récit.

IV. Lorsqu'il sortit de la ville, qu'il laissait dans un découragement si général et si profond, il souffrait plus encore que nous, qui
étions au sein même du péril. Au milieu de sa route, il rencontra
les commissaires envoyés par l'empereur pour informer de ce qui
était arrivé, et quand il eut appris de leur bouche l'objet de leur
mission, songeant à tous les maux qu allaient fondre sur la ville

καὶ πῶς ἐξέβαλε

et comment il avait chassé (dissipé)

τὴν ὀργὴν ἅπασαν ·

sa colère tout-entière : [bué en rien)

« Ἡμεῖς εἰσηνέγκαμεν οὐδὲν

« Nous n'avons apporté rien (contri-

εἰς τὸ πρᾶγμα,

à la chose,

ἀλλὰ ὁ βασιλεὺς αὐτός,

mais le roi lui-même,

τοῦ Θεοῦ μαλάξαντος

Dieu ayant amolli

τὴν καρδίαν αὐτοῦ,

le cœur de lui,

καὶ ἀφῆκε πᾶσαν τὴν ὀργὴν

et a relâché (banni) toute sa colère

πρὸ τῶν ἡμετέρων ῥημάτων,

avant nos paroles,

καὶ ἔλυσε τὸν θυμὸν,

et a dissipé son courroux,

καὶ διαλεγόμενο_

et s'entretenant

περὶ τῶν γεγενημένων,

sur les choses qui ont eu-lieu,

διηγεῖτο

il racontait

ἅπαντα τὰ συμβάντα

toutes les choses qui sont arrivées

χωρὶς ὀργῆς οὕτως,

sans colère ainsi, [tragé.»

ὥς τινος ἑτέρου ὑβρισθέντος. »

comme quelque autre ayant été ou-

Ἀλλὰ ὁ Θεὸς ἐξήνεγκεν εἰς μέσον

Mais Dieu a produit au milieu (révélé)

ταῦτα,

ces choses,

ἅπερ οὗτος ἀπέκρυψεν

que celui-ci a cachées

ἀπὸ ταπεινοφροσύνης.

par humilité.

Τίνα δέ ἐστι ταῦτα;

Or quelles sont ces choses ?

ἀγαγὼν τὸν λόγον

ayant ramené le discours

μικρὸν ἀνωτέρω

un peu plus haut

διηγήσομαι ὑμῖν.

je les raconterai à vous.

IV. Ἐπειδὴ γὰρ

IV. Car après que

ἐξῆλθε τῆς πόλεως,

il fut sorti de la ville,

καταλιπὼν πάντας

ayant laissé tous

ἐν τοσαύτῃ ἀθυμίᾳ,

dans un si-grand découragement,

ἔπασχε

il souffrait [que nous,

πολλῷ δεινότερα ἡμῶν,

des choses beaucoup plus terribles

τῶν ὄντων ἐν τοῖς δεινοῖς αὐτοῖς.

qui étions dans les dangers mêmes.

Πρῶτον μὲν γὰρ συγγενόμενος

Car d'abord s'étant rencontré

κατὰ μέσην τὴν ὁδὸν

au milieu-de la route

τοῖς πεμφθεῖσ

avec ceux envoyés

παρὰ τοῦ βασιλέως

par le roi

ἐπὶ τὴν ἐξέτασιν

pour la recherche

τῶν γεγενημένων,

des choses qui s'étaient faites,

καὶ μαθὼν παρὰ ἐκείνων

et ayant appris de ceux-là *les choses*

ἐπὶ οἷς ἦσαν ἀπεσταλμένοι,

pour lesquelles ils étaient envoyés,

καὶ ἀναλογιζόμενος τὰ δεινὰ

et récapitulant les maux

δεινὰ, τοὺς θορύβους, τὰς ταραχὰς, τὴν φυγὴν, τὸν φόβον, τὴν ἀγωνίαν, τοὺς κινδύνους, πηγὰς ἠφίει δακρύων, τῶν σπλάγχνων αὐτῷ διακοπτομένων. Τοῖς γὰρ πατράσιν ἔθος πολλῷ μεῖζον ἀλγεῖν, ὅταν μηδὲ παρεῖναι δύνωνται κακουμένοις τοῖς ἑαυτῶν παισίν· ὃ δὴ καὶ ὁ φιλοστοργότατος οὗτος ἔπασχεν, οὐ τὰ κατα-ληψόμενα ἡμᾶς δεινὰ θρηνῶν μόνον, ἀλλὰ καὶ τὸ πόρρω ταῦτα πασχόντων ἡμῶν εἶναι· πλὴν ἀλλὰ καὶ τοῦτο ὑπὲρ τῆς ἡμετέρας ἐγίνετο σωτηρίας. Ἐπειδὴ γὰρ ἔμαθε ταῦτα παρ᾽ ἐκείνων, θερ-μοτέρας ἠφίει πηγὰς δακρύων, καὶ μετὰ πλείονος δεήσεως πρὸς τὸν Θεὸν κατέφευγε, καὶ τὰς νύκτας ἄϋπνος διῆγε παρακαλῶν καὶ τῇ πόλει παραγενέσθαι ταῦτα πασχούσῃ, καὶ τοῦ βασιλέως πραοτέραν ποιῆσαι τὴν διάνοιαν.

V. Ὡς δὲ ἐπέβη τῆς μεγάλης πόλεως ἐκείνης καὶ εἰς τὰς βασιλικὰς εἰσῆλθεν αὐλὰς, εἱστήκει τοῦ βασιλέως πόρρωθεν, ἄφωνος, δακρύων, κάτω κύπτων, ἐγκαλυπτόμενος, ὥσπερ αὐτὸς

troubles, tumulte, fuite, épouvante, angoisses, dangers, il versait des ruisseaux de larmes et sentait ses entrailles déchirées; car les pères s'affligent encore bien davantage, lorsqu'ils ne peuvent assister aux souffrances de leurs enfants. Tel était aussi le sentiment de ce père si tendre; il pleurait doublement, et parce qu'il voyait les maux qui allaient nous accabler, et parce qu'il se trouvait loin de nous au moment du malheur; mais cette peine même conspirait à notre salut. Car, lorsqu'il eut entendu les envoyés de l'empereur, il versa des larmes plus amères, et se jeta dans les bras de Dieu avec de plus abondantes prières; passant des nuits sans sommeil à le sup-plier d'assister la ville dans ses souffrances et d'adoucir les résolu-tions du prince.

V. Quand il fut arrivé dans la grande ville et qu'il eut pénétré dans le palais, il se tint debout loin de l'empereur, muet et pleu-rant, la tête baissée et le front voilé, comme s'il eût été lui-même

καταληψόμενα τὴν πόλιν, — devant saisir la ville,

τοὺς θορύβους, τὰς ταραχὰς, — les troubles, les tumultes,

τὴν φυγὴν, τὸν φόβον, — la fuite, l'épouvante,

τὴν ἀγωνίαν, τοὺς κινδύνους, — l'angoisse, les périls,

ἠφίει πηγὰς δακρύων, — il lâchait des sources de larmes,

τῶν σπλάγχνων — les entrailles

διακοπτομένων αὐτῷ. — étant déchirées à lui.

Ἔθος γὰρ τοῖς πατράσιν — Car coutume *est* aux pères [ment,

ἀλγεῖν πολλῷ μεῖζον, — de s'affliger beaucoup plus grande-

ὅταν μηδὲ δύνωνται — lorsqu'ils ne peuvent même pas

παρεῖναι τοῖς παισὶν ἑαυτῶν — être-auprès des enfants d'eux-mêmes

κακουμένοις· — étant-malheureux ;

ὃ δὴ — *chose* que donc aussi

οὗτος ὁ φιλοστοργότατος — ce *père* très-tendre

ἔπασχεν, — souffrait,

οὐ θρηνῶν μόνον — ne déplorant pas seulement

τὰ δεινὰ καταληψόμενα ἡμᾶς. — les maux qui devaient saisir nous,

ἀλλὰ καὶ τὸ εἶναι πόρρω — mais aussi ceci, *lui* être loin

ἡμῶν πασχόντων ταῦτα· — de nous souffrant ces *maux;* [lieu

πλὴν ἀλλὰ καὶ τοῦτο ἐγίνετο — excepté toutefois que aussi ceci avait-

ὑπὲρ τῆς ἡμετέρας σωτηρίας. — pour notre salut.

Ἐπειδὴ γὰρ ἔμαθε ταῦτα — Car après qu'il eut appris ces choses

παρὰ ἐκείνων, — de ceux-là (des envoyés),

ἠφίει πηγὰς θερμοτέρας — il lâchait des sources plus chaudes

δακρύων, — de larmes,

καὶ κατέφευγε πρὸς τὸν Θεὸν — et se réfugiait vers Dieu

μετὰ δεήσεως πλείονος, — avec supplication plus grande,

καὶ διῆγε τὰς νύκτας ἄϋπνος — et passait les nuits privé-de-sommeil

παρακαλῶν — conjurant *Dieu*

καὶ παραγενέσθαι τῇ πόλει — et d'assister la ville

πασχούσῃ ταῦτα, — souffrant ces *maux,*

καὶ ποιῆσαι πραοτέραν — et de faire (rendre) plus douce

τὴν διάνοιαν τοῦ βασιλέως. — l'intention du roi.

V. Ὡς δὲ ἐπέβη — V. Mais dès qu'il eut atteint

ἐκείνης τῆς μεγάλης πόλεως — cette grande ville

καὶ εἰσῆλθεν — et qu'il fut entré

εἰς τὰς αὐλὰς βασιλικὰς, — dans le palais du-roi,

εἱστήκει πόρρωθεν τοῦ βασιλέως, — il se tenait loin du roi,

ἄφωνος, δακρύων, — sans—voix, pleurant,

κύπτων κάτω, ἐγκαλυπτόμενος, — baissant-la-tête en bas, se voilant,

ὧν ὁ πάντα ἐργασάμενος ἐκεῖνα. Ἐποίει καὶ τοῦτο, τῷ σχήματι,
τῷ βλέμματι, τοῖς θρήνοις πρότερον ἐπισπάσασθαι βουλόμενος
αὐτὸν εἰς ἔλεον, καὶ τότε ἄρξασθαι τῆς ὑπὲρ ἡμῶν ἀπολογίας.
Μία γὰρ τοῖς ἁμαρτάνουσιν ἀπολείπεται συγγνώμη[1], τὸ σιγᾶν,
καὶ μηδὲν ὑπὲρ τῶν γεγενημένων φθέγγεσθαι. Ἐβούλετο γὰρ
δὴ πάθος τὸ μὲν ἐξενεγκεῖν, τὸ δὲ εἰσενεγκεῖν, ἐκβαλεῖν μὲν τὸν
θυμὸν, εἰσαγαγεῖν δὲ ἀθυμίαν[2], ἵνα οὕτω προοδοποιήσῃ τοῖς τῆς
ἀπολογίας ῥήμασιν, ὅπερ οὖν καὶ ἐγένετο. Καὶ καθάπερ Μωϋσῆς, εἰς τὸ ὄρος ἀναβὰς, τοῦ λαοῦ προσκεκρουκότος, ἄφωνος
εἱστήκει αὐτὸς, ἕως ὁ Θεὸς αὐτὸν ἐξεχαλέσατο εἰπὼν « Ἄφες
με, καὶ ἐξαλείψω τὸν λαὸν τοῦτον[3]· » οὕτω καὶ οὗτος ἐποίησεν.

Ἰδὼν τοίνυν αὐτὸν ὁ βασιλεὺς δακρύοντα καὶ κάτω κύπτοντα,
προσῆλθεν αὐτὸς, καὶ ὅπερ ἔπαθε διὰ τῶν δακρύων τοῦ ἱερέως,
τοῦτο ἐδείκνυ διὰ τῶν ῥημάτων τῶν πρὸς αὐτόν. Οὐ γὰρ θυμουμένου οὐδὲ ἀγανακτοῦντος ἦσαν οἱ λόγοι, ἀλλ᾽ ἀλγοῦντος· οὐκ

l'auteur de tous les désordres. Il voulait par son attitude, par ses
regards, par ses gémissements, faire incliner d'abord le prince vers
la pitié, avant de lui parler pour nous. Car il ne reste aux coupables
qu'une seule chance d'obtenir leur pardon, c'est de se taire et de
ne pas ouvrir la bouche pour leur défense. Il désirait donc tout à la
fois faire sortir un sentiment de l'âme de l'empereur et le remplacer
par un autre, bannir la colère et ramener le calme, afin de préparer
les voies au langage de l'apologie; et ce fut en effet ce qui arriva.
Comme Moïse, lorsque le peuple eut péché, se rendit sur la montagne et se tint muet jusqu'à ce que Dieu parla le premier et lui dit:
« Laisse-moi faire, et j'exterminerai ce peuple; » ainsi fit notre
évêque.

L'empereur, le voyant pleurer et baisser les yeux vers la terre,
s'avança le premier, et fit bien voir par son langage les sentiments
que lui inspiraient les larmes du prêtre. Ses discours ne témoignaient
ni la colère ni l'indignation, mais la tristesse; ni l'emportement,

ὥσπερ ὢν αὐτὸς
ὁ ἐργασάμενος πάντα ἐκεῖνα.
Ἐποίει καὶ τοῦτο,
βουλόμενος τῷ σχήματι,
τῷ βλέμματι, τοῖς θρήνοις,
ἐπισπάσασθαι πρότερον αὐτὸν
εἰς ἔλεον,
καὶ τότε ἄρξασθαι
τῆς ἀπολογίας ὑπὲρ ἡμῶν.
Μία γὰρ συγγνώμη
ἀπολείπεται τοῖς ἁμαρτάνουσι,
τὸ σιγᾶν, καὶ φθέγγεσθαι μηδὲν
ὑπὲρ τῶν γεγενημένων.
Ἐβούλετο γὰρ δὴ
ἐξενεγκεῖν τὸ μὲν πάθος,
εἰσενεγκεῖν δὲ τὸ,
ἐκβαλεῖν μὲν τὸν θυμὸν,
εἰσαγαγεῖν δὲ ἀθυμίαν,
ἵνα οὕτω προοδοποιήσῃ
τοῖς ῥήμασι τῆς ἀπολογίας·
ὅπερ οὖν καὶ ἐγένετο.
Καὶ καθάπερ Μωϋσῆς,
τοῦ λαοῦ προσκεκρουκότος,
ἀναβὰς εἰς τὸ ὄρος,
εἱστήκει αὐτὸς ἄφωνος,
ἕως ὁ Θεὸς ἐξεκαλέσατο αὐτὸν
εἰπὼν « Ἄφες με,
καὶ ἐξαλείψω τοῦτον τὸν λαόν·»
οὕτω καὶ οὗτος ἐποίησεν.
Ὁ βασιλεὺς τοίνυν
ἰδὼν αὐτὸν δακρύοντα
καὶ κύπτοντα κάτω,
προσῆλθεν αὐτὸς,
καὶ ὅπερ ἔπαθε
διὰ τῶν δακρύων τοῦ ἱερέως,
ἐδείκνυ τοῦτο
διὰ τῶν ῥημάτων τῶν πρὸς αὐτόν.
Οἱ γὰρ λόγοι ἦσαν
οὐ θυμουμένου
οὐδὲ ἀγανακτοῦντος,

comme étant lui-même
celui ayant fait toutes ces choses-là.
Il faisait aussi ceci,
voulant par l'attitude,
par le regard, par les gémissements,
attirer d'abord lui (le roi)
à la pitié,
et alors commencer
l'apologie pour nous. [don
Car un seul *moyen d'obtenir le* par-
est laissé à ceux qui pèchent,
se taire, et *ne* dire rien
en-faveur-des choses qui ont eu-lieu.
Car il voulait donc
faire-sortir un sentiment,
et *en* faire-entrer un autre,
chasser le courroux,
et introduire l'absence-de-courroux,
afin qu'ainsi il ouvrît-la-route-d'a-
aux paroles de l'apologie ; [vance
ce qui donc aussi eut-lieu.
Et comme Moïse,
le peuple ayant péché,
étant monté sur la montagne,
se tenait lui-même sans-voix,
jusqu'à ce que Dieu provoqua lui
ayant dit « Laisse-moi,
et j'effacerai ce peuple ; »
ainsi aussi celui-ci fit.
Le roi donc
ayant vu lui pleurant
et baissant-la-tête en bas,
s'approcha lui-même,
et *ce* qu'il éprouvait
par les larmes du prêtre,
il montrait cela
par les paroles *adressées* à lui.
Car ses discours étaient
non d'un *homme* irrité
ni d'un *homme* indigné,

ὀργιζομένου, ἀλλ' ἀθυμοῦντος, καὶ περιοδυνίᾳ κατεχομένου μᾶλ-
λον· καὶ ὅτι τοῦτό ἐστιν ἀληθὲς, αὐτὰ τὰ ῥήματα ἀκούσαντες
εἴσεσθε. Οὐ γὰρ εἶπε· «Τί ποτε τοῦτό ἐστιν; Ὑπὲρ ἀνθρώπων
μιαρῶν καὶ παμμιάρων, καὶ οὓς οὔτε ζῆν ἔδει, πρεσβείαν ἥκεις
κομίζων, τῶν τυράννων[1], τῶν νεωτεροποιῶν, τῶν πάσης ἀξίων
κολάσεως;» Ἀλλὰ πάντα ταῦτα ἀφεὶς τὰ ῥήματα, ἀπολογίαν συνέθηκεν ἐντροπῆς γέμουσαν καὶ βαρύτητος, καὶ τὰς ἑαυτοῦ κατ-
έλεγεν εὐεργεσίας, ὅσας παρὰ πάντα τὸν καιρὸν τῆς βασιλείας
τὴν πόλιν ἡμῶν εὐηργέτησε, καὶ ἐφ' ἑκάστῳ[2] ἔλεγε· «Ταῦτά με
ἀντ' ἐκείνων παθεῖν ἔδει; Ποίων ἀδικημάτων με ταύτην ἐπράξαντο
δίκην; Τί μικρὸν ἢ μέγα ἐγκαλεῖν ἔχοντες, οὐκ εἰς ἐμὲ μόνον,
ἀλλὰ καὶ εἰς τοὺς ἀπελθόντας[3] ἐνύβρισαν; Οὐκ ἤρκει τὸν θυμὸν
στῆναι μέχρι τῶν ζώντων· ἀλλ' εἰ μὴ καὶ τοὺς ταφέντας καθ-

mais le calme, ou plutôt une profonde douleur. Vous reconnaîtrez,
car voici ses paroles mêmes, que c'est bien là la vérité. Il ne s'écria
point : « Eh! quoi, tu viens auprès de moi comme l'ambassadeur
de ces infâmes scélérats indignes même de vivre, de ces rebelles,
de ces séditieux qui méritent tous les châtiments? » Loin de tenir
un tel langage, il fit entendre une apologie pleine de douceur et de
majesté; il rappelait tous les bienfaits dont il a comblé notre ville
pendant toute la durée de son règne, et à chacun de ces souvenirs
il ajoutait : « Était-ce là le prix que je devais en recevoir? De quelle
injustice ont-ils voulu tirer vengeance? Qu'ont-ils à me reprocher
de sérieux ou de frivole, pour qu'ils aient outragé non pas moi seulement, mais même ceux qui ne sont plus? Il ne leur a pas suffi de
déchaîner leur colère contre les vivants; s'ils n'avaient pas insulté

ἀλλὰ ἀλγοῦντος· mais d'un *homme* affligé;

οὐκ ὀργιζομένου, non d'un *homme* étant-en-colère,

ἀλλὰ ἀθυμοῦντος, mais d'un *homme* étant-sans-colère,

καὶ κατεχομένου μᾶλλον et étant possédé plutôt

περιοδυνίᾳ· par un chagrin-excessif;

καὶ ἀκούσαντες τὰ ῥήματα αὐτὰ et ayant entendu ces paroles mêmes

εἴσεσθε ὅτι τοῦτό ἐστιν ἀληθές. vous saurez que ceci est vrai.

Οὐ γὰρ εἶπε· Car il ne dit pas :

« Τί ποτέ ἐστι τοῦτο; « Quoi enfin est ceci?

Ἥκεις κομίζων πρεσβείαν Tu viens apportant une ambassade

ὑπὲρ ἀνθρώπων μιαρῶν pour des hommes scélérats

καὶ παμμιάρων, et tout-à-fait-scélérats, [pas vivre,

καὶ οὓς οὔτε ἔδει ζῆν, et qu'il ne fallait (qui ne devraient)

τῶν τυράννων, ces usurpateurs,

τῶν νεωτεροποιῶν, ces révolutionnaires,

τῶν ἀξίων πάσης κολάσεως; » ceux dignes de tout châtiment? »

Ἀλλὰ ἀφεὶς Mais ayant laissé-de-côté

πάντα ταῦτα τὰ ῥήματα, toutes ces paroles,

συνέθηκεν ἀπολογίαν il forma une apologie

γέμουσαν ἐντροπῆς pleine d'émotion

καὶ βαρύτητος, et de gravité,

καὶ κατέλεγε et il énumérait

τὰς εὐεργεσίας ἑαυτοῦ, les bienfaits de lui-même,

ὅσας εὐηργέτησε tous ceux en lesquels il a fait-du-bien

τὴν πόλιν ἡμῶν à la ville de nous

παρὰ πάντα τὸν καιρὸν pendant tout le temps

τῆς βασιλείας, de son règne,

καὶ ἐπὶ ἑκάστῳ ἔλεγεν· et après chaque chose il disait :

« Ἔδει με πάσχειν ταῦτα « Fallait-il moi éprouver ces choses

ἀντὶ ἐκείνων; en-échange-de celles-là?

Ποίων ἀδικημάτων De quels actes-injustes

ἐπράξαντό με ταύτην δίκην; ont-ils tiré de moi cette vengeance?

Τί μικρὸν ἢ μέγα Quoi de petit ou de grand

ἔχοντες ἐγκαλεῖν, ayant à *me* reprocher, [moi,

ἐνύβρισαν οὗ μόνον εἰς ἐμέ, ont-ils fait-outrage pas seulement à

ἀλλὰ καὶ mais aussi

εἰς τοὺς ἀπελθόντας; à ceux qui sont partis (morts)?

Οὐκ ἤρκει Il ne suffisait pas

τὸν θυμὸν leur colère [ment aux) vivants;

στῆναι μέχρι τῶν ζώντων· s'arrêter jusqu'aux (s'étendre seule-

ὑβρίσαιεν, οὐδὲν ἐνόμισαν νεανικὸν ποιεῖν. Ἠδικήκαμεν ἡμεῖς, ὡς αὐτοὶ νομίζουσιν· οὐκοῦν τῶν νεκρῶν φείσασθαι ἔδει τῶν οὐδὲν ἠδικηκότων· οὐ γὰρ δὴ κἀκείνοις ταῦτα ἐγκαλεῖν εἶχον. Οὐχὶ ταύτην πάντων προὔθηκα τὴν πόλιν ἀεὶ, καὶ τῆς ἐνεγκού- σης[1] ποθεινοτέραν εἶναι ἐνόμιζον, καὶ εὐχῆς μοι διηνεκοῦς ἔργον ἦν τὴν πόλιν ἐκείνην ἰδεῖν, καὶ τοῦτον ἐποιούμην ὅρκον πρὸς πάντας; »

VI. Ἐνταῦθα πικρὸν ἀνοιμώξας ὁ ἱερεὺς, καὶ θερμότερα ἀφεὶς δάκρυα, οὐκέτι λοιπὸν ἐσίγα· ἑώρα γὰρ τὴν τοῦ βασιλέως ἀπολογίαν μείζονα ποιοῦσαν τὴν κατηγορίαν ἡμῶν· ἀλλὰ στε- νάξας κάτωθεν βαρὺ καὶ πικρόν·

« Ὁμολογοῦμεν, φησὶν, ὦ βασιλεῦ, καὶ οὐκ ἂν ἀρνηθείημεν τὸν ἔρωτα τοῦτον, ὃν περὶ τὴν πατρίδα ἐπεδείξω τὴν ἡμετέραν, καὶ διὰ τοῦτο μάλιστα θρηνοῦμεν, ὅτι τὴν οὕτω φιλουμένην

aussi ceux qui sont dans le tombeau, ils auraient cru ne pas mon- trer assez d'audace. Nous les avons offensés, ils le croient du moins ; ils devaient donc épargner des morts qui ne leur ont fait aucun mal, et à qui ils ne pouvaient adresser les mêmes reproches qu'à moi. N'ai-je pas toujours préféré cette ville à toutes les autres? Ne m'at- t-elle pas été plus chère que celle même qui m'a vu naître? N'expri- mais-je pas sans cesse le vœu de voir votre cité, et n'avais-je pas en face de tous fait le serment de la visiter? »

VI. Alors le prêtre, poussant un amer gémissement et versant des larmes brûlantes, ne garda plus le silence ; car il voyait que l'apo- logie de l'empereur aggravait encore notre crime ; il soupira donc du fond du cœur avec une profonde tristesse, et dit :

« Oui, prince, nous connaissons cette tendresse que tu as toujours manifestée pour notre ville, nous ne saurions la nier ; aussi, ce qui nous afflige le plus, c'est que les démons aient jeté un regard d'envie

ἀλλὰ εἰ μὴ καθυβρίσαιεν	mais s'ils n'avaient pas outragé
καὶ τοὺς ταφέντας,	aussi ceux ensevelis,
ἐνόμισαν	ils ont (auraient) cru
ποιεῖν οὐδὲν νεανικόν.	ne faire rien de juvénile (hardi).
Ἡμεῖς ἠδικήκαμεν,	Nous avons été-injustes,
ὡς αὐτοὶ νομίζουσιν·	comme eux-mêmes le croient ;
οὐκοῦν ἔδει φείσασθαι	donc il fallait épargner
τῶν νεκρῶν,	les morts
τῶν ἠδικηκότων οὐδέν·	qui n'ont été-injustes en rien ;
οὐ γὰρ δὴ εἶχον	car donc ils n'avaient pas
ἐγκαλεῖν ταῦτα καὶ ἐκείνοις.	à reprocher ceci aussi à ceux-là.
Οὐχὶ προύθηκα ἀεὶ	N'ai-je pas préféré toujours
ταύτην τὴν πόλιν πάντων,	cette ville à toutes les autres,
καὶ ἐνόμιζον	et ne croyais-je pas elle
εἶναι ποθεινοτέραν	être plus désirable [elle-même,
τῆς ἐνεγκούσης αὐτῆς,	que celle qui m'a porté (vu naître)
καὶ ἦν μοι ἔργον	et n'était-ce pas à moi l'œuvre
εὐχῆς διηνεκοῦς	d'un souhait continuel
ἰδεῖν ἐκείνην τὴν πόλιν,	de voir cette ville-là,
καὶ ἐποιούμην τοῦτον ὅρκον	et ne faisais-je pas ce serment
πρὸς πάντας; »	vis-à-vis de tous ? »
VI. Ἐνταῦθα ὁ ἱερεὺς	VI. Là le prêtre
ἀνοιμώξας πικρὸν,	ayant gémi amèrement,
καὶ ἀφεὶς	et ayant versé
δάκρυα θερμότερα,	des larmes plus brûlantes,
οὐκέτι ἐσίγα λοιπόν·	ne se tut plus ensuite ;
ἑώρα γὰρ	car il voyait
τὴν ἀπολογίαν τοῦ βασιλέως	la justification du roi
ποιοῦσαν μείζονα	faisant (rendant) plus grande
τὴν κατηγορίαν ἡμῶν·	l'accusation de nous ; [cœur)
ἀλλὰ στενάξας κάτωθεν	mais ayant gémi d'en bas (du fond du
βαρὺ	d'un gémissement lourd (profond)
καὶ πικρόν·	et amer :
« Ὁμολογοῦμεν, φησὶν,	« Nous avouons, dit-il,
ὦ βασιλεῦ,	ô roi,
καὶ οὐκ ἂν ἀρνηθείημεν	et nous ne nierions pas
τοῦτον τὸν ἔρωτα, ὃν ἐπεδείξω	cette affection, que tu as manifestée
περὶ τὴν πατρίδα τὴν ἡμετέραν,	au-sujet-de la patrie nôtre,
καὶ θρηνοῦμεν μάλιστα	et nous gémissons surtout
διὰ τοῦτο,	à cause de ceci,

ἐβάσκηναν δαίμονες, καὶ περὶ τὸν εὐεργέτην ἀγνώμονες ἐφάνημεν, καὶ τὸν σφοδρὸν ἡμῶν παρωξύναμεν ἐραστήν[1]. Κἂν κατασκάψῃς, κἂν ἐμπρήσῃς, κἂν ἀποκτείνῃς, κἂν ὁτιοῦν ἕτερον
πράξῃς, οὐδέπω τὴν ἀξίαν ἡμᾶς ἀπήτησας δίκην· φθάσαντες
ἡμεῖς ἑαυτοὺς μυρίων θανάτων χαλεπώτερα διεθήκαμεν. Τί γὰρ
ἂν γένοιτο πικρότερον, ἀλλ’ ἢ ὅταν τὸν εὐεργέτην καὶ οὕτω φιλοῦντα φανῶμεν ἀδίκως παροξύναντες, καὶ τοῦτο πᾶσα ἡ οἰκουμένη μανθάνῃ, καὶ τὴν ἐσχάτην ἡμῶν ἀγνωμοσύνην καταγινώσκῃ;

« Εἰ βάρβαροι, τὴν πόλιν ἡμῶν καταδραμόντες, κατέσκαψαν
τὰ τείχη, καὶ τὰς οἰκίας ἐνέπρησαν, καὶ λαβόντες αἰχμαλώτους
ἀπῆλθον, ἔλαττον ἦν τὸ δεινόν. Τί δή ποτε; Ὅτι σου ζῶντος,
καὶ τοσαύτην ἐπιδεικνυμένου περὶ ἡμᾶς εὔνοιαν, ἐλπὶς ἦν ἐκεῖνα

sur une cité si chérie de toi, que nous ayons paru ingrats envers notre
bienfaiteur, et que nous ayons irrité un prince dont l'affection pour
nous est si vive. Détruis, brûle, égorge, fais tout ce que tu peux
imaginer, tu n'auras pas encore tiré de nous une vengeance égale au
crime; nous t'avons prévenu, nous souffrons un supplice pire que
mille morts. Est-il rien en effet de plus amer que d'avoir indigne-
ment offensé un bienfaiteur, un ami si tendre, et de connaître que
toute la terre le sait et nous reproche la plus noire ingratitude?

« Si des barbares étaient venus fondre sur notre ville, avaient renversé ses remparts, incendié ses maisons, emmené ses habitants en
captivité, le mal serait moindre. Pourquoi? c'est que toi vivant et
nous donnant tant de témoignages de ta bienveillance, nous aurions

ὅτι δαίμονες ἐβάσκηναν / que des démons ont été-jaloux
τὴν οὕτω φιλουμένην, / de la *ville* ainsi aimée,
καὶ ἐφάνημεν ἀγνώμονες / et *que* nous avons paru ingrats
περὶ τὸν εὐεργέτην, / envers notre bienfaiteur,
καὶ παρωξύναμεν / et *que* nous avons irrité
τὸν σφοδρὸν ἐραστὴν ἡμῶν. / le vif ami de nous. [ble,
Καὶ ἂν κατασκάψῃς, / Et si tu renversais-de-fond-en-com-
καὶ ἂν ἐμπρήσῃς, / et si tu brûlais,
καὶ ἂν ἀποκτείνῃς, / et si tu tuais,
καὶ ἂν πράξῃς / et si tu faisais
ἕτερον ὁτιοῦν, / une autre chose quelconque, [de nous
οὐδέπω ἀπῄτησας ἡμᾶς / tu n'aurais pas encore réclamé (tiré)
τὴν δίκην ἀξίαν· / la justice (vengeance) proportionnée;
ἡμεῖς φθάσαντες / nous ayant pris-les-devants
διεθήκαμεν ἑαυτοὺς / nous avons disposé nous-mêmes
χαλεπώτερα / d'une-manière-plus-fâcheuse
μυρίων θανάτων. / que dix-mille morts.
Τί γὰρ ἂν γένοιτο / Car quoi pourrait arriver
πικρότερον, / de plus amer,
ἀλλὰ ἢ ὅταν φανῶμεν / si ce n'est quand nous paraissons
παροξύναντες ἀδίκως / ayant irrité injustement
τὸν εὐεργέτην / le bienfaiteur
καὶ φιλοῦντα οὕτω, / et *celui nous* aimant ainsi,
καὶ πᾶσα ἡ οἰκουμένη / et *quand* toute la *terre* habitée
μανθάνῃ τοῦτο, / apprend cela, [cuse de)
καὶ καταγινώσκῃ ἡμῶν / et prononce-contre nous (nous ac-
τὴν ἐσχάτην ἀγνωμοσύνην; / la dernière ingratitude?
« Εἰ βάρβαροι, / « Si des barbares, [de nous,
καταδραμόντες τὴν πόλιν ἡμῶν, / ayant fait-une-descente-dans la ville
κατέσκαψαν τὰ τείχη, / avaient renversé les murailles,
καὶ ἐνέπρησαν τὰς οἰκίας, / et avaient brûlé les maisons,
καὶ ἀπῆλθον / et s'en étaient allés
λαβόντες αἰχμαλώτους, / *nous* ayant pris prisonniers,
τὸ δεινὸν ἦν ἔλαττον. / le mal était (eût été) moindre.
Τί δή ποτε; / Pourquoi donc enfin?
Ὅτι, σοῦ ζῶντος, / Parce que, toi vivant,
καὶ ἐπιδεικνυμένου περὶ ἡμᾶς / et faisant-voir envers nous
τοσαύτην εὔνοιαν, / une si-grande bienveillance,
ἐλπὶς ἦν / espoir était (eût été)
πάντα ἐκεῖνα τὰ δεινὰ / tous ces maux-là

2.

πάντα λυθήσεσθαι τὰ δεινὰ, καὶ πάλιν ἡμᾶς ἐπὶ τὸ πρότερον
ἐπανήξειν σχῆμα, καὶ λαμπροτέραν ἀπολήψεσθαι τὴν ἐλευθε-
ρίαν. Νῦν δὲ τῆς σῆς εὐνοίας ἀφῃρημένης, καὶ τοῦ φίλτρου
σβεσθέντος, ὃ παντὸς τείχους ἦν ἡμῖν ἀσφαλέστερον, πρὸς τίνα
λοιπὸν καταφευξόμεθα; ποῦ δυνησόμεθα ἰδεῖν ἑτέρωσε, τὸν γλυ-
κὺν οὕτω δεσπότην καὶ πατέρα προσηνῆ παροργίσαντες; Ὥστε
δοκοῦσι μὲν ἀφόρητα πεποιηκέναι· ἔπαθον δὲ πάντων δεινότερα,
πρὸς οὐδένα ἀνθρώπων ἀντιβλέψαι τολμῶντες, οὐδὲ αὐτὸν ἰδεῖν
δυνάμενοι τὸν ἥλιον ἐλευθέροις ὀφθαλμοῖς, τῆς αἰσχύνης πανταχοῦ καταστελλούσης τὰ βλέφαρα, καὶ ἐγκαλύπτεσθαι καταναγ-
καζούσης. Τῆς παρρησίας αὐτοῖς ἀνῃρημένης, πάντων αἰχμαλώ-
των ἀθλιώτερον διάκεινται νῦν, καὶ τὴν ἐσχάτην ὑπομένουσιν
ἀτιμίαν, καὶ τὸ μέγεθος τῶν κακῶν ἐννοοῦντες, καὶ εἰς ὅσον ἀπ-

l'espoir de voir finir tous ces maux, de recouvrer notre première
splendeur, de rentrer en possession de notre liberté avec plus d'éclat
encore. Mais maintenant que ton affection nous est ravie, que cette
tendresse, notre plus sûr rempart, est éteinte, vers qui nous réfugier
désormais? de quel côté tourner nos regards, après avoir irrité un
maître si doux, un père si indulgent? Leur attentat paraît horrible ;
mais ils endurent les plus cruelles souffrances; ils n'osent regarder
aucun homme en face, ils ne peuvent même contempler le soleil d'un
œil libre; partout la honte fait baisser leurs paupières et les force à
se voiler le visage. Privés de toute liberté, ils sont aujourd'hui plus
malheureux que les derniers des esclaves, ils subissent la plus affreuse
ignominie, et lorsqu'ils songent à l'immensité de leurs maux, à

λυθήσεσθαι,	devoir être dissipés,
καὶ ἡμᾶς ἐπανήξειν πάλιν	et nous devoir revenir de nouveau
ἐπὶ τὸ σχῆμα πρότερον,	à notre état premier,
καὶ ἀπολήψεσθαι	et devoir recouvrer
τὴν ἐλευθερίαν λαμπροτέραν.	la liberté plus éclatante.
Νῦν δὲ τῆς σῆς εὐνοίας	Mais maintenant ta bienveillance
ἀφῃρημένης,	*nous* ayant été enlevée,
καὶ τοῦ φίλτρου σβεσθέντος,	et ton affection ayant été éteinte,
ὃ ἦν ἀσφαλέστερον ἡμῖν	*cette affection* qui était plus sûre
παντὸς τείχους,	que toute muraille, [pour nous
πρὸς τίνα λοιπὸν	vers qui à-l'avenir
καταφευξόμεθα;	nous réfugierons-nous?
ποῦ ἑτέρωσε	où ailleurs (vers quel autre)
δυνησόμεθα ἰδεῖν,	pourrons-nous regarder,
παροργίσαντες	ayant mis-en-courroux
τὸν δεσπότην οὕτω γλυκὺν	le maître si doux
καὶ πατέρα προσηνῆ;	et *le* père *si* indulgent?
Ὥστε δοκοῦσι μὲν	De-sorte-qu'ils paraissent à la vérité
πεποιηκέναι ἀφόρητα·	avoir fait des choses insupportables;
ἔπαθον δὲ	mais ils ont souffert des *maux*
δεινότερα πάντων,	plus terribles que tous,
τολμῶντες ἀντιβλέψαι	*n'*osant regarder-en-face
πρὸς οὐδένα ἀνθρώπων,	vers aucun des hommes,
οὐδὲ δυνάμενοι ἰδεῖν	et ne pouvant pas regarder
τὸν ἥλιον αὐτὸν	le soleil lui-même
ὀφθαλμοῖς ἐλευθέροις,	avec des yeux libres,
τῆς αἰσχύνης καταστελλούσης	la honte *leur* faisant-baisser
τὰ βλέφαρα πανταχοῦ,	les paupières partout,
καὶ καταναγκαζούσης	et *les* forçant
ἐγκαλύπτεσθαι.	à se voiler.
Τῆς παῤῥησίας	La libre-parole
ἀνῃρημένης αὐτοῖς,	ayant été enlevée à eux,
νῦν διάκεινται	maintenant ils sont disposés
ἀθλιώτερον	plus malheureusement
πάντων αἰχμαλώτων,	que tous les captifs,
καὶ ὑπομένουσι .	et supportent
τὴν ἐσχάτην ἀτιμίαν,	le dernier déshonneur,
καὶ ἐννοοῦντες τὸ μέγεθος	et songeant à la grandeur
τῶν κακῶν,	de leurs maux,
καὶ εἰς ὅσον ὕβρεως	et jusqu'à quel-grand *degré* d'insulte

εσκίρτησαν ὕβρεως, οὐδὲ ἀναπνεῖν δύνανται, τοῦ δοκοῦντος ὑβρίσθαι σφοδροτέρους τοὺς τὴν οἰκουμένην οἰκοῦντας ἅπαντας ἀνθρώπους ἐπισπασάμενοι κατηγόρους.

VII. « Ἀλλ' ἐὰν θέλῃς, ὦ βασιλεῦ, ἔστιν ἴασις τῷ τραύματι,
καὶ φάρμακον τοῖς τοσούτοις κακοῖς. Πολλάκις καὶ ἐπὶ ἰδιωτῶν
τοῦτο γέγονε· τὰ μεγάλα καὶ ἀφόρητα προσκρούσματα μεγάλης
διαθέσεως γέγονεν ὑπόθεσις. Οὕτω καὶ ἐπὶ τῆς φύσεως συνέβη
τῆς ἡμετέρας. Ὅτε γὰρ τὸν ἄνθρωπον ἐποίησεν ὁ Θεός, καὶ εἰς
τὸν Παράδεισον εἰσήγαγε, καὶ πολλῆς ἠξίωσε τιμῆς, οὐ φέρων
τὴν τοσαύτην εὐημερίαν ὁ διάβολος ἐβάσκηνέ τε αὐτῷ, καὶ τῆς
δοθείσης ἐξέβαλε προεδρίας· ἀλλ'ὁ Θεὸς οὐ μόνον αὐτὸν οὐ κατέλιπεν, ἀλλὰ καὶ ἀντὶ Παραδείσου τὸν οὐρανὸν ἡμῖν ἀνέῳξε,
τούτῳ τε αὐτῷ τήν τε οἰκείαν φιλανθρωπίαν ἐπιδεικνύμενος, καὶ
τὸν διάβολον μειζόνως κολάζων. Τοῦτο καὶ σὺ ποίησον. Πάντα

l'insolence de leurs excès, ils ne peuvent respirer ; ils savent qu'ils
ont soulevé contre eux les habitants de la terre entière, dont les reproches sont plus sanglants que ceux du prince outragé.

VII. « Mais si tu veux, prince, cette blessure peut se guérir, et il
est un remède à ces maux. Souvent, entre particuliers, les plus graves
des offenses sont devenues le principe d'une grande amitié. C'est ce
qui est arrivé aussi pour notre espèce. Quand Dieu eut créé l'homme,
qu'il l'eut placé dans le Paradis et comblé d'honneurs, le diable ne
put supporter la vue d'une telle félicité; il devint jaloux de l'homme,
et le fit déchoir de la prééminence que Dieu lui avait donnée; mais,
loin de nous abandonner alors, Dieu nous ouvrit le ciel au lieu du
Paradis, voulant à la fois manifester à l'homme sa bonté et châtier
le diable avec plus de rigueur. Fais ainsi. Les démons ont tout tenté

ἀπεσκίρτησαν,   ils ont bondi (se sont portés),

οὐδὲ δύνανται ἀναπνεῖν,   ils ne peuvent même pas respirer,

ἐπισπασάμενοι   s'étant attiré

ἅπαντας τοὺς ἀνθρώπους   tous les hommes

οἰκοῦντας τὴν οἰκουμένην   qui habitent la *terre* habitée

κατηγόρους σφοδροτέρους   *pour* accusateurs plus véhéments

τοῦ δοκοῦντος ὑβρίσθαι.   que celui qui paraît avoir été insulté.

VII. « Ἀλλὰ ἐὰν θέλῃς,   VII. « Mais si tu veux,

ὦ βασιλεῦ,   ô roi,

ἔστιν ἴασις τῷ τραύματι,   il est une guérison à la blessure,

καὶ φάρμακον   et un remède

τοῖς κακοῖς τοσούτοις.   aux maux si-grands.

Πολλάκις τοῦτο γέγονε   Souvent ceci a eu-lieu   [liers:

καὶ ἐπὶ ἰδιωτῶν·   aussi dans-la-personne-de particu-

τὰ προσκρούσματα μεγάλα   les offenses grandes

καὶ ἀφόρητα   et insupportables

γέγονεν ὑπόθεσις   sont devenus le fondement

μεγάλης διαθέσεως.   d'un grand pacte.

Συνέβη οὕτω   Il est arrivé ainsi

καὶ ἐπὶ τῆς φύσεως τῆς ἡμετέρας.   aussi au-sujet-de la nature nôtre.

Ὅτε γὰρ ὁ Θεὸς   Car lorsque Dieu

ἐποίησε τὸν ἄνθρωπον,   eut fait l'homme,

καὶ εἰσήγαγεν   et l'eut introduit

εἰς τὸν Παράδεισον,   dans le Paradis,

καὶ ἠξίωσε   et l'eut jugé-digne

πολλῆς τιμῆς,   d'un grand honneur,

ὁ διάβολος οὐ φέρων   le diable ne supportant pas

τὴν εὐημερίαν τοσαύτην   la félicité si-grande

ἐβάσκηνέ τε αὐτῷ,   et fut-jaloux de lui,

καὶ ἐξέβαλε τῆς προεδρίας   et *le* chassa de la prééminence

δοθείσης·   qui *lui* avait été donnée;

ἀλλὰ ὁ Θεὸς   mais Dieu

οὐ μόνον οὐ κατέλιπεν αὐτὸν,   non-seulement n'abandonna pas lui,

ἀλλὰ καὶ ἀνέῳξεν ἡμῖν   mais même ouvrit à nous

τὸν οὐρανὸν ἀντὶ Παραδείσου,   le ciel-au-lieu-du Paradis,

τούτῳ τε αὐτῷ ἐπιδεικνύμενος   et par cela même faisant-voir

τήν τε φιλανθρωπίαν οἰκείαν,   et sa bonté propre,

καὶ κολάζων μειζόνως   et châtiant plus grandement

τὸν διάβολον.   le diable.

Καὶ σὺ ποίησον τοῦτο.   Aussi toi fais cela.

ἐκίνησαν οἱ δαίμονες νῦν, ὥστε τὴν πασῶν σοι φιλτάτην πόλιν
ἀποῤῥῆξαί σου τῆς εὐνοίας. Τοῦτο τοίνυν εἰδὼς, δίκην μὲν ἣν
θέλεις ἀπαίτησον, τῆς δὲ φιλίας μὴ ἐκβάλης ἡμᾶς τῆς προτέρας.
Ἀλλ᾽ εἰ δεῖ τι καὶ θαυμαστὸν εἰπεῖν, μείζονα ἡμῖν ἐπίδειξαι τὴν
εὔνοιαν νῦν, καὶ πάλιν εἰς τὰς πρώτας τῶν φιλουμένων αὐτὴν
ἔγγραψον, εἴ γε βούλει τοὺς ταῦτα κατασκευάσαντας ἀμύνασθαι
δαίμονας. Ἂν μὲν γὰρ καθέλῃς, καὶ κατασκάψῃς, καὶ ἀφανίσῃς,
ἅπερ ἐκεῖνοι πάλαι ἐβούλοντο, ταῦτα ἐργάσῃ · ἂν δὲ ἀφῇς τὴν ὀργὴν, καὶ πάλιν ὁμολογήσῃς φιλεῖν αὐτὴν ὥσπερ πρότερον ἐφίλεις,
καιρίαν αὐτοῖς ἔδωκας τὴν πληγὴν[1], καὶ τὴν ἐσχάτην αὐτοὺς ἀπῄτησας δίκην, δείξας ὡς οὐ μόνον αὐτοῖς οὐδὲν πλέον γέγονεν ἀπὸ
τῆς ἐπιβουλῆς, ἀλλὰ καὶ τὰ ἐναντία αὐτοῖς ἅπαντα ἀπέβη, ἥπερ[2]

pour ravir ta bienveillance à une cité que tu chérissais entre toutes.
Instruit de leurs desseins, tire de nous la vengeance qui te plaît,
mais ne nous prive pas de ton ancienne amitié. Et même, s'il faut
dire quelque chose qui te surprenne, témoigne à notre ville en ce jour
plus de faveur encore, replace-la au premier rang entre les cités qui
te sont chères, si tu veux punir les démons qui ont tramé ces com-
plots. Si tu la renverses, si tu la rases, si tu l'effaces de la terre, tu
auras accompli ce qu'ils souhaitent depuis si longtemps; mais si tu
apaises ton courroux, si tu proclames que tu aimes encore cette ville
comme tu l'aimais auparavant, tu leur porteras le coup mortel, et
tu tireras d'eux le plus cruel châtiment, en leur faisant voir que non-
seulement ils n'ont rien gagné à leurs embûches, mais que tout a

Οἱ δαίμονες νῦν	Les démons maintenant
ἐκίνησαν πάντα,	ont mis-en-mouvement tout,
ὥστε ἀπορρῆξαι	de-manière-à détacher
τῆς εὐνοίας σου	de la bienveillance de toi
τὴν πόλιν φιλτάτην πασῶν σοι.	la ville la plus chère de toutes à toi.
Εἰδὼς τοίνυν τοῦτο,	Sachant donc cela,
ἀπαίτησον μὲν δίκην	réclame à la vérité la vengeance
ἣν θέλεις,	que tu veux,
μὴ ἐκβάλῃς δὲ ἡμᾶς	mais ne chasse pas nous
τῆς φιλίας τῆς προτέρας.	de ton amitié précédente.
Ἀλλὰ εἰ δεῖ εἰπεῖν τι	Mais s'il faut dire quelque chose
καὶ θαυμαστὸν,	même d'étonnant,
ἐπίδειξαι ἡμῖν τὴν εὔνοιαν	montre-nous ta bienveillance
μείζονα νῦν,	plus grande maintenant,
καὶ ἔγγραψον αὐτὴν πάλιν	et inscris elle (Antioche) de nouveau
εἰς τὰς πρώτας	parmi les premières
τῶν φιλουμένων,	des villes aimées de toi,
εἴ γε βούλει	si du moins tu veux
ἀμύνασθαι τοὺς δαίμονας	te venger des démons
κατασκευάσαντας ταῦτα.	qui ont arrangé ces choses.
Ἄν μὲν γὰρ καθέλῃς,	Car si tu la supprimes,
καὶ κατασκάψῃς,	et si tu la renverses,
καὶ ἀφανίσῃς,	et si tu la fais-disparaître, [démons]
ἐργάσῃ ταῦτα, ἅπερ ἐκεῖνοι	tu feras ces choses, que ceux-là (les
ἐβούλοντο πάλαι·	voulaient depuis-longtemps;
ἂν δὲ ἀφῇς τὴν ὀργὴν,	mais si tu lâches (apaises) ta colère,
καὶ ὁμολογήσῃς πάλιν	et si tu conviens de nouveau
φιλεῖν αὐτὴν	toi aimer elle
ὥσπερ ἐφίλεις πρότερον,	comme tu l'aimais précédemment,
ἔδωκας αὐτοῖς	tu as donné à eux
τὴν πληγὴν καιρίαν,	le coup opportun (mortel),
καὶ ἀπήτησας αὐτοὺς	et tu as réclamé (tiré) d'eux
τὴν ἐσχάτην δίκην,	la dernière (la plus sévère) vengeance,
δείξας ὡς οὐ μόνον	ayant montré que non-seulement
οὐδὲν πλέον γέγονεν αὐτοῖς	rien de plus n'a été à eux (ils n'ont
ἀπὸ τῆς ἐπιβουλῆς,	par-suite-de l'embûche, [rien gagné)
ἀλλὰ καὶ	mais que même
ἅπαντα τὰ ἐναντία	toutes les choses contraires [laient)
ἥπερ ἐβούλοντο	qu'ils ne voulaient (à ce qu'ils vou-
ἀπέβη αὐτοῖς.	sont arrivées à eux.

ἐβούλοντο. Δίκαιος δ' ἂν εἴης ταῦτα ποιῆσαι, καὶ ἐλεῆσαι πόλιν,
ἣ διὰ τὴν σὴν ἐφθόνησαν φιλίαν οἱ δαίμονες. Εἰ γὰρ μὴ σφόδρα
αὐτὴν οὕτως ἠγάπησας, οὐκ ἂν αὐτὴν οὐδὲ ἐκεῖνοι τοσοῦτον ἐβάσκηναν ἄν. Ὥστε εἰ καὶ θαυμαστὸν τὸ λεγόμενον, ἀλλ' ὅμως
ἐστὶν ἀληθὲς ὅτι διὰ σὲ καὶ τὴν σὴν φιλίαν ταῦτα ἔπαθε. Πόσων
ἐμπρησμῶν, πόσης καταστροφῆς τὰ ῥήματα ταῦτα πικρότερα,
ἅπερ ἀπολογούμενος ἔλεγες;

VIII. « Νῦν ὑβρίσθαι φῂς, καὶ πεπονθέναι οἷα μηδεὶς πώποτε
τῶν προτέρων βασιλέων. Ἀλλ' ἐὰν θέλῃς, ὦ φιλανθρωπότατε
καὶ φιλοσοφώτατε[1] καὶ πολλῆς εὐσεβείας γέμων, τοῦ διαδήματος τούτου μείζονά σοι καὶ λαμπρότερον ἡ ὕβρις αὕτη περιθήσει
στέφανον. Τοῦτο μὲν γὰρ τὸ διάδημά ἐστι μὲν τῆς σῆς ἀρετῆς
ἀπόδειξις, ἔστι δὲ καὶ τῆς τοῦ δεδωκότος φιλοτιμίας τεκμήριον·

tourné contre leurs désirs. Il est juste que tu agisses de la sorte et
que tu aies pitié d'une ville sur laquelle ton amitié vient d'attirer
l'envie des démons. Si tu ne nous avais pas tant aimés, ils ne se se-
raient pas montrés si jaloux de nous. Mes paroles peuvent t'étonner,
mais elles sont vraies cependant : c'est à cause de toi, à cause de ton
affection que nous avons souffert tous ces maux. Et ces paroles dont
tu accompagnais ton apologie ne sont-elles pas plus amères que tous
les incendies et toutes les ruines?

VIII. « Tu as essuyé, dis-tu, un outrage tel que n'en souffrit jamais
aucun des monarques tes prédécesseurs. Mais si tu veux, ô le plus
clément, le plus sage et le plus pieux des princes, cet outrage même
peut te donner une couronne plus brillante et plus belle que ce
diadème. Le diadème est en même temps la preuve de ta vertu et
une marque de la libéralité de celui qui te l'a donné; mais la cou-

Ἂν εἴης δὲ δίκαιος | Or tu serais juste (il serait juste)
ποιῆσαι ταῦτα,. | de faire (que tu fisses) ces choses,
καὶ ἐλεῆσαι πόλιν, | et d'avoir (que tu eusses)-pitié d'une
ἣ οἱ δαίμονες | à laquelle les démons   [ville
ἐφθόνησαν | ont porté-envie
διὰ τὴν σὴν φιλίαν. | à-cause-de ton amitié.
Εἰ γὰρ μὴ ἠγάπησας αὐτὴν | Car si tu n'avais pas aimé elle
οὕτω σφόδρα, | si vivement,
οὐδὲ ἐκεῖνοι | non plus ceux-là
οὐκ ἂν ἐβάσκηναν αὐτὴν | n'auraient pas envié elle
τοσοῦτον. | tellement.
Ὥστε εἰ καὶ τὸ λεγόμενον | De-sorte-que si même la chose dite
θαυμαστὸν, | *est* étonnante,
ἀλλὰ ὅμως ἐστὶν ἀληθὲς | mais cependant il est vrai
ὅτι ἔπαθε ταῦτα | qu'elle a souffert ces choses
διὰ σὲ καὶ τὴν σὴν φιλίαν. | à-cause-de toi et de ton amitié.
Πόσων ἐμπρησμῶν, | Que combien-d'embrasements,
πόσης καταστροφῆς | que quel-grand renversement
ταῦτα τὰ ῥήματα, | ces paroles,
ἅπερ ἔλεγες ἀπολογούμενος, | que tu disais te justifiant,
πικρότερα; | *ne sont-elles pas* plus amères?
VIII. «Νῦν | VIII. «Maintenant
φὴς ὑβρίσθαι, | tu dis avoir été outragé,
καὶ πεπονθέναι   [ρων | et avoir souffert *des choses telles*
οἷα μηδεὶς τῶν βασιλέων προτέ- | qu'aucun des rois précédents
πώποτε. | *n'en souffrit* jamais-encore.
Ἀλλὰ ἐὰν θέλῃς, | Mais si tu veux,
ὦ φιλανθρώποτατε | ô roi très-humain
καὶ φιλοσοφώτατε | et très-sage (chrétien)
καὶ γέμων εὐσεβείας | et étant-plein d'une piété
πολλῆς, | considérable,
αὕτη ἡ ὕβρίς περιθήσει σοι | cet outrage placera-autour de toi
στέφανον μείζονα | une couronne plus grande
καὶ λαμπρότερον | et plus éclatante
τούτου τοῦ διαδήματος. | que ce diadème.
Τοῦτο μὲν γὰρ τὸ διάδημα | Car ce diadème
ἐστὶ μὲν ἀπόδειξις | est à la vérité une démonstration
τῆς σῆς ἀρετῆς, | de ta vertu,
ἔστι δὲ καὶ τεκμήριον | mais est aussi un témoignage
τῆς φιλοτιμίας | de la munificence

ὁ δὲ ἀπὸ τῆς φιλανθρωπίας σοι ταύτης πλεκόμενος στέφανος σὸν
μόνον ἔσται κατόρθωμα, καὶ τῆς φιλοσοφίας τῆς σῆς· καὶ οὐχ
οὕτω σε θαυμάσονται πάντες διὰ τοὺς λίθους τοὺς τιμίους τούτους, ὡς ἐπαινέσονται διὰ τὴν ὑπεροψίαν τὴν κατὰ τῆς ὀργῆς.
Καθεῖλόν σου τοὺς ἀνδριάντας; Ἀλλ' ἔξεστί σοι λαμπροτέρους
ἀναστῆσαι ἐκείνων. Ἂν γὰρ ἀφῇς τοῖς ἠδικηκόσι τὰ ἐγκλήματα,
καὶ μηδεμίαν ἀπαιτήσῃς δίκην αὐτοὺς, οὐ χαλκοῦν σε ἐπὶ τῆς
ἀγορᾶς ἀναστήσουσιν, οὐδὲ χρυσοῦν, οὐδὲ λιθοκόλλητον, ἀλλὰ
τὴν πάσης ὕλης τιμιωτέραν στήλην, φιλανθρωπίαν καὶ ἐλεη-
μοσύνην ἀναβεβλημένον. Οὕτως ἐπὶ τῆς διανοίας ἕκαστος ἀνα-
στήσουσί σε τῆς ἑαυτῶν, καὶ τοσούτους ἕξεις ἀνδριάντας, ὅσοι
τὴν οἰκουμένην οἰκοῦσιν ἄνθρωποι, καὶ οἰκήσουσιν. Οὐ γὰρ
ἡμεῖς μόνον, ἀλλὰ καὶ οἱ μεθ' ἡμᾶς καὶ οἱ μετ' ἐκείνους ἅπαντες ταῦτα ἀκούσονται, καὶ καθάπερ εὖ παθόντες αὐτοὶ, οὕτω σε

ronne que te tressera la clémence, tu ne la devras qu'à toi-même et
à ta sagesse : l'univers admirera moins ces pierres précieuses qu'il
ne vantera ton empire sur ta colère. Ils ont renversé tes statues ?
mais tu peux t'en élever de plus éclatantes. Si tu pardonnes leur
crime à ceux qui t'ont offensé, si tu renonces à toute vengeance,
ce n'est pas une image d'airain ou d'or ou de diamant qu'ils t'éri-
geront sur la place publique, ils te dresseront un monument plus
précieux que les plus riches matières, et où tu paraîtras revêtu de
clémence et de bonté. C'est ainsi que chacun placera ton image
dans son cœur, et tu compteras autant de statues qu'il y a et qu'il y
aura jamais d'hommes sur la terre. Ce n'est pas seulement nous, ce
sont nos enfants et les enfants de nos enfants qui entendront cette
histoire ; et ils t'admireront, et ils t'aimeront, comme s'ils avaient

τοῦ δεδωκότος·	de celui qui *te l'*a donné,
ὁ δὲ στέφανος πλεκόμενός σοι	mais la couronne tressée à toi
ἀπὸ ταύτης τῆς φιλανθρωπίας	par-suite-de cette bonté
ἔσται κατόρθωμα σὸν μόνον,	sera un mérite tien (à toi) seul,
καὶ τῆς φιλοσοφίας τῆς σῆς·	et de (dû à) la sagesse tienne;
καὶ πάντες	et tous
οὐ θαυμάσονταί σε οὕτω	n'admireront pas toi ainsi
διὰ τούτους τοὺς λίθους	à-cause-de ces pierres
τοὺς τιμίους,	celles précieuses,
ὡς ἐπαινέσονται	comme ils *te* loueront
διὰ τὴν ὑπεροψίαν	à-cause-du mépris
τὴν κατὰ τῆς ὀργῆς·	celui *dirigé par toi* contre ta colère.
Καθεῖλόν τοὺς ἀνδριάντας σου;	Ils ont renversé les statues de toi?
Ἀλλὰ ἔξεστί σοι ἀναστῆσαι	Mais il est permis à toi *d'en* relever
λαμπροτέρους ἐκείνων.	de plus brillantes que celles-là.
Ἂν γὰρ ἀφῇς τὰ ἐγκλήματα	Car si tu remets les délits
τοῖς ἠδικηκόσι,	à ceux qui ont agi-injustement,
καὶ ἀπαιτήσῃς αὐτοὺς	et si tu *ne* réclames à eux (ne tires
μηδεμίαν δίκην,	aucune justice (vengeance), [d'eux)
οὐκ ἀναστήσουσί σε χαλκοῦν	ils ne relèveront pas toi d'-airain
ἐπὶ τῆς ἀγορᾶς,	sur la place-publique,
οὐδὲ χρυσοῦν,	ni d'-or,
οὐδὲ λιθοκόλλητον,	ni incrusté-de-pierreries,
ἀλλὰ τὴν στήλην	mais *ils élèveront* la colonne
τιμιωτέραν πάσης ὕλης,	plus précieuse que toute matière,
ἀναβεβλημένον φιλανθρωπίαν	*toi* revêtu d'humanité
καὶ ἐλεημοσύνην.	et de miséricorde.
Οὕτως ἀναστήσουσί σε ἕκαστος	Ainsi ils relèveront toi chacun
ἐπὶ τῆς διανοίας τῆς ἑαυτῶν,	dans la pensée d'eux-mêmes,
καὶ ἕξεις ἀνδριάντας	et tu auras des statues
τοσούτους	aussi-nombreuses
ὅσοι ἄνθρωποι	que *sont* nombreux *les* hommes
οἰκοῦσι καὶ οἰκήσουσι	*qui* habitent et *qui* habiteront
τὴν οἰκουμένην.	la *terre* habitée.
Οὐ γὰρ μόνον ἡμεῖς,	Car non-seulement nous,
ἀλλὰ καὶ οἱ μετὰ ἡμᾶς	mais aussi ceux après nous
καὶ οἱ μετὰ ἐκείνους	et ceux après ceux-là
ἅπαντες ἀκούσονται ταῦτα,	tous entendront ces choses,
καὶ καθάπερ παθόντες εὖ αὐτοί,	et comme ayant éprouvé bien eux-
οὕτω θαυμάσονται·	ainsi ils admireront　　　[mêmes,

θαυμάσονται καὶ φιλήσουσι. Καὶ ὅτι ταῦτα οὐ κολακεύων λέγω, ἀλλ' οὕτως ἔσται πάντως, ἐρῶ σοι παλαιόν τινα λόγον, ἵνα μάθης ὅτι οὐχ οὕτω στρατόπεδα, καὶ ὅπλα, καὶ χρήματα, καὶ ὑπηκόων πλῆθος, καὶ τὰ ἄλλα δὴ τὰ τοιαῦτα λαμπροὺς ποιεῖν τοὺς βασιλεῖς εἴωθεν, ὡς φιλοσοφία ψυχῆς καὶ ἡμερότης.

IX. « Ὁ μακάριος λέγεται Κωνσταντῖνος, τῆς εἰκόνος αὐτοῦ καταλευσθείσης ποτὲ, παροξυνόντων αὐτὸν πολλῶν ἐπεξελθεῖν τοῖς ὑβρικόσι, καὶ δίκην ἀπαιτῆσαι, καὶ λεγόντων ὅτι πᾶσαν αὐτοῦ τὴν ὄψιν ἔτρωσαν τοὺς λίθους ἐξακοντίζοντες, ψηλαφήσας τῇ χειρὶ τὸ πρόσωπον καὶ ἠρέμα μειδιάσας, εἶπεν ὅτι « Οὐδαμοῦ « πληγὴν ἐπὶ τοῦ μετώπου γεγενημένην ὁρῶ, ἀλλ' ὑγιὴς μὲν ἡ « κεφαλὴ, ὑγιὴς δὲ ἡ ὄψις ἅπασα · » κἀκείνους ἐρυθριάσαντας καὶ αἰσχυνθέντας ἀποστῆναι τῆς ἀδίκου ταύτης συμβουλῆς. Καὶ τὸ ῥῆμα τοῦτο μέχρι νῦν ᾄδουσιν ἅπαντες, καὶ τοσοῦτος

eux-mêmes reçu le bienfait. Et pour te faire voir que je ne parle point par flatterie, mais qu'il en sera véritablement ainsi, je te rappellerai un ancien récit qui t'apprendra que les armées, la force, la richesse, la multitude des sujets et les autres avantages de cette nature donnent ordinairement moins d'éclat aux rois que la sagesse et la douceur de l'âme.

IX. « L'image du bienheureux Constantin avait été lapidée; de toutes parts on l'excitait à punir cet outrage, à en tirer vengeance; on lui disait que son visage était tout meurtri de coups de pierres; mais lui, passant sa main sur son front et souriant avec douceur, répondit : « Je ne vois point que j'aie reçu aucune blessure; ni ma « tête ni mon visage n'ont souffert. » On dit que cette réponse fit rougir ces conseillers, qu'elle les couvrit de confusion, et qu'ils renoncèrent à leurs méchantes insinuations. Cette parole, tous la cé-

καὶ φιλήσουσί σε.

et aimeront toi.   [ses

Καὶ ὅτι λέγω ταῦτα
οὐ κολακεύων,
ἀλλὰ ἔσται οὕτω πάντως,
ἐρῶ σοί τινα παλαιὸν λόγον,
ἵνα μάθῃς ὅτι στρατόπεδα,
καὶ ὅπλα, καὶ χρήματα,
καὶ πλῆθος ὑπηκόων,
καὶ τὰ ἄλλα δὴ τὰ τοιαῦτα
οὐκ εἴωθε
ποιεῖν τοὺς βασιλεῖς
λαμπροὺς οὕτως,
ὡς φιλοσοφία ψυχῆς
καὶ ἡμερότης.

Et pour montrer que je dis ces cho-
non pas flattant (pour te flatter),
mais qu'elles seront ainsi absolument,
je dirai à toi un ancien récit,
afin que tu apprennes que des camps,
et des armes, et des richesses,
et une multitude de sujets,
et les autres choses donc telles
n'ont-pas-coutume
de faire (rendre) les rois
brillants ainsi,
comme sagesse d'âme
et douceur.

IX. « Κωνσταντῖνος
ὁ μακάριος
λέγεται,
τῆς εἰκόνος αὐτοῦ
καταλευσθείσης ποτὲ,
πολλῶν παροξυνόντων αὐτὸν
ἐπεξελθεῖν
τοῖς ὑβρικόσι,
καὶ ἀπαιτῆσαι δίκην,
καὶ λεγόντων ὅτι ἔτρωσαν
πᾶσαν τὴν ὄψιν αὐτοῦ
ἐξακοντίζοντες τοὺς λίθους,
ψηλαφήσας τῇ χειρὶ
τὸ πρόσωπον
καὶ μειδιάσας ἠρέμα,
εἶπεν ὅτι « Ὁρῶ οὐδαμοῦ
« πληγὴν γεγενημένην
« ἐπὶ τοῦ μετώπου,
« ἀλλὰ ἡ μὲν κεφαλὴ ὑγιής,
« ἡ δὲ ὄψις ἅπασα ὑγιής· »
καὶ ἐκείνους ἐρυθριάσαντας
καὶ αἰσχυνθέντας
ἀποστῆναι
ταύτης τῆς συμβουλῆς ἀδίκου.
Καὶ ἅπαντες μέχρι νῦν
ᾄδουσι τοῦτο τὸ ῥῆμα,

IX. « Constantin
le bienheureux
est dit,
l'image de lui
ayant été lapidée un jour,
beaucoup excitant lui
à sortir (sévir)-contre
ceux qui l'avaient outragé,
et à réclamer justice (vengeance),
et disant qu'ils avaient blessé
tout le visage de lui
en lançant les pierres,
ayant touché de sa main
sa figure
et ayant souri doucement,
il dit que « Je ne vois nulle-part
« un coup ayant eu-lieu
« sur mon front,
» mais ma tête est saine,
« et mon visage-tout-entier est sain; »
et ceux-là ayant rougi
et ayant été couverts-de-honte
s'être désistés
de ce conseil injuste.
Et tous jusqu'à présent
chantent (célèbrent) cette parole,

χρόνος οὐκ ἐμάρανεν, οὐκ ἔσβεσε τῆς φιλοσοφίας ταύτης τὴν μνήμην.

« Πόσων οὐκ ἂν εἴη τοῦτο τροπαίων λαμπρότερον ; Πολλὰς καὶ πόλεις ἐκεῖνος ἀνέστησε, καὶ πολλοὺς βαρβάρους ἐνίκησεν, ἀλλ᾽ οὐδενὸς ἐκείνων μεμνήμεθα· τὸ δὲ ῥῆμα τοῦτο μέχρι τῆς σήμερον ᾄδεται, καὶ οἱ μεθ᾽ ἡμᾶς αὐτὸ, καὶ οἱ μετ᾽ ἐκείνους ἀκούσονται πάντες. Καὶ οὐ τοῦτο μόνον ἐστὶ τὸ θαυμαστὸν, ὅτι ἀκούσονται, ἀλλ᾽ ὅτι, καὶ μετ᾽ ἐπαίνων καὶ εὐφημίας οἵ τε λέγοντες λέγουσιν, οἵ τε ἀκούοντες δέχονται· καὶ οὐκ ἔστιν οὐδεὶς ὃς ἀνέξεται σιγῆσαι τοῦτο ἀκούσας, ἀλλ᾽ ὁμοῦ τε ἀνέκραξε [1], καὶ τὸν εἰρηκότα ἐπῄνεσε, καὶ μυρία αὐτῷ ἀπελθόντι γίνεσθαι ηὔξατο ἀγαθά. Εἰ δὲ παρὰ ἀνθρώποις τοσαύτης ἀπέλαυσε δόξης δι᾽ ἐκεῖνο τὸ ῥῆμα, πόσων ἀπολαύσεται παρὰ τῷ φιλανθρώπῳ Θεῷ στεφάνων ;

« Καὶ τί χρὴ λέγειν Κωνσταντῖνον καὶ τὰ ἀλλότρια παραδείγματα, δέον οἴκοθέν σε καὶ ἐκ τῶν σῶν παρακαλεῖν κατορθω-

lèbrent aujourd'hui encore, et le temps n'a ni affaibli ni effacé le souvenir de cette sagesse.

« Quels trophées jetteraient autant d'éclat que cette parole ? Constantin a fondé bien des villes et vaincu bien des barbares, mais tout cela est oublié pour nous, tandis que sa réponse a été célébrée jusqu'à ce jour, et elle sera connue de nos enfants et des enfants de nos enfants. Mais ce qui est digne d'admiration, ce n'est pas que les générations futures l'apprennent, mais c'est que ceux qui la redisent et ceux qui l'écoutent l'accompagnent de louanges et de bénédictions. Personne ne peut l'entendre et garder le silence, mais tous se récrient, font l'éloge de celui qui l'a prononcée, et lui souhaitent toutes les félicités de l'autre vie. Que si cette parole lui a mérité tant de gloire auprès des hommes, quelles couronnes ne recueillera-t-il pas auprès du Dieu de bonté ?

« Mais est-il besoin de citer Constantin et d'alléguer les exemples d'autrui, quand je devrais puiser mes exhortations dans toi-même,

καὶ τοσοῦτος χρόνος   et un si-long temps
οὐκ ἐμάρανεν,   n'a pas flétri,
οὐκ ἔσβεσε τὴν μνήμην   n'a pas éteint la mémoire
ταύτης τῆς φιλοσοφίας.   de cette sagesse.

« Πόσων τροπαίων   « Que combien-de-trophées
τοῦτο οὐκ ἂν εἴη λαμπρότερον; ceci ne-serait-il pas plus éclatant ?
Ἐκεῖνος   Celui-là (Constantin)
καὶ ἀνέστησε πολλὰς πόλεις, et a élevé de nombreuses villes,
καὶ ἐνίκησε πολλοὺς βαρβάρους, et a vaincu de nombreux barbares,
ἀλλὰ μεμνήμεθα   mais nous ne nous souvenons
οὐδενὸς ἐκείνων·   d'aucune de ces choses-là;   [brée)
τοῦτο δὲ τὸ ῥῆμα ᾄδεται   mais cette parole est chantée (célé-
μέχρι τῆς σήμερον,   jusqu'au *jour* d'aujourd'hui,
καὶ οἱ μετὰ ἡμᾶς   et ceux après nous
καὶ οἱ μετὰ ἐκείνους   et ceux après ceux-là
πάντες ἀκούσονται αὐτό.   tous entendront elle,
Καὶ οὐ τοῦτο μόνον,   Et non pas ceci seul,
ὅτι ἀκούσονται,   qu'ils *l'*entendront,
ἐστὶ τὸ θαυμαστὸν,   est la chose admirable,
ἀλλὰ ὅτι οἵ τε λέγοντες   mais que et ceux qui *la* disent
λέγουσι καὶ μετὰ ἐπαίνων   *la* disent et avec louanges
καὶ εὐφημίας,   et *avec* bénédiction,
οἵ τε ἀκούοντες   et ceux qui *l'*entendent
δέχονται·   *la* reçoivent *ainsi ;*
καὶ οὐκ ἔστιν οὐδεὶς   et il n'est personne   [se taire
ὃς ἀνέξεται σιγῆσαι   qui supportera (puisse supporter) de
ἀκούσας τοῦτο,   ayant entendu celle-ci,
ἀλλὰ ὁμοῦ τε ἀνέκραξε,   mais et en–même–temps il s'est écrié,
καὶ ἐπήνεσε τὸν εἰρηκότα,   et il a loué celui qui a dit *cette parole,*
καὶ ηὔξατο μυρία ἀγαθὰ   et il a souhaité d'innombrables biens
γίνεσθαι αὐτῷ ἀπελθόντι.   arriver à lui qui est parti (mort).
Εἰ δὲ ἀπέλαυσε τοσαύτης δόξης Et s'il a joui d'une si-grande gloire
παρὰ ἀνθρώποις   auprès des hommes
διὰ ἐκεῖνο τὸ ῥῆμα,   à-cause-de cette parole-là,
πόσων στεφάνων ἀπολαύσεται de combien de couronnes jouira-t-il
παρὰ τῷ Θεῷ φιλανθρώπῳ;   auprès du Dieu ami-des-hommes?
« Καὶ τί χρὴ   « Et que sert
λέγειν Κωνσταντῖνον   de dire (citer) Constantin
καὶ τὰ παραδείγματα ἀλλότρια, et les exemples d'-autrui,
δέον παρακαλεῖν σε   quand-il-faudrait exhorter toi

μάτων; Μέμνησαι πρώην ὅτε, τῆς ἑορτῆς ταύτης[1] καταλαβούσης, ἐπιστολὴν ἔπεμψας πανταχοῦ τῆς οἰκουμένης, κελεύουσαν
τοὺς τὸ δεσμωτήριον οἰκοῦντας ἀφεῖναι, καὶ συγχωρεῖν αὐτοῖς
τὰ ἐγκλήματα, καὶ, ὡς οὐκ ἀρκούντων ἐκείνων δεῖξαί σου τὴν
φιλανθρωπίαν, ἔλεγες διὰ τῶν γραμμάτων ὅτι « Εἴθε μοι δυνα-
« τὸν ἦν καὶ τοὺς ἀπελθόντας καλέσαι καὶ ἀναστῆσαι, καὶ πρὸς
« τὴν προτέραν ἀναγαγεῖν ζωήν! » Τούτων ἀναμνήσθητι τῶν
ῥημάτων νῦν. Ἰδοὺ καιρὸς τοὺς ἀπελθόντας καλέσαι καὶ ἀναστῆσαι, καὶ πρὸς τὴν προτέραν ἐπαναγαγεῖν ζωήν. Καὶ οὗτοι
γὰρ ἤδη τεθνήκασι, καὶ πρὶν ἢ τὴν ψῆφον ἐξενεχθῆναι[2], καὶ
παρ' αὐτὰς ἡ πόλις ἐσκήνωται τὰς τοῦ ᾅδου πύλας νῦν. Ἀνά-
στησον οὖν αὐτὴν ἐκεῖθεν χωρὶς χρημάτων, χωρὶς δαπάνης,
χωρὶς χρόνου καὶ πόνου τινός· ἀρκεῖ γάρ σοι φθέγξασθαι μόνον,

dans tes actes de vertu? Souviens-toi que naguère, à l'époque de
cette même fête, tu envoyas par toute la terre une lettre qui ordon-
nait de mettre en liberté les prisonniers et de leur pardonner leurs
crimes; et, comme si cela ne suffisait pas encore pour témoigner
de ta bonté, tu disais dans cette lettre : « Que ne puis-je aussi rappe-
« ler et faire sortir du tombeau ceux qui ne sont plus! que ne puis-je
« les ramener à la vie! » Souviens-toi de ces paroles aujourd'hui.
Voici le moment de rappeler les morts, de les tirer du tombeau, de
les rendre à l'existence. Car ces malheureux sont déjà morts, et, avant
même que ton arrêt soit rendu, la ville entière se trouve aux portes de
l'enfer. Tire-la donc de son tombeau; tu le peux sans dépense, sans
délai, sans peine; tu n'as qu'un mot à dire pour faire sortir Antioche

οἴκοθεν	d'après-ta-maison (toi-même)
καὶ ἐκ τῶν σῶν κατορθωμάτων;	et d'après tes belles-actions?
Μέμνησαι ὅτε πρώην,	Tu te souviens lorsque avant-hier
ταυτῆς τῆς ἑορτῆς	cette fête [(naguère),
καταλαβούσης,	étant survenue,
ἔπεμψας ἐπιστολὴν	tu envoyas une lettre
πανταχοῦ	dans-tous-les-lieux
τῆς οἰκουμένης,	de la *terre* habitée,
κελεύουσαν ἀφεῖναι	*lettre* qui ordonnait de lâcher
τοὺς οἰκοῦντας τὸ δεσμωτήριον,	ceux qui habitaient la prison,
καὶ συγχωρεῖν αὐτοῖς	et de pardonner à eux
τὰ ἐγκλήματα,	les délits,
καὶ, ὡς ἐκείνων	et, comme ces choses-là
οὐκ ἀρχούντων	ne suffisant pas
δεῖξαι τὴν φιλανθρωπίαν σου,	pour montrer l'humanité de toi,
ἔλεγες διὰ τῶν γραμμάτων	tu disais par ces écrits [moi
ὅτι « Εἴθε ἦν δυνατόν μοι	que « Plût-à-Dieu qu'il fût possible à
καὶ καλέσαι καὶ ἀναστῆσαι	aussi d'appeler et de ressusciter
τοὺς ἀπελθόντας,	ceux qui sont partis (morts),
καὶ ἀναγαγεῖν	et de *les* ramener
πρὸς τὴν ζωὴν προτέραν ! »	à la vie précédente ! »
Ἀναμνήσθητι νῦν	Souviens-toi maintenant
τούτων τῶν ῥημάτων.	de ces paroles-ci.
Ἰδοὺ καιρὸς	Voici l'occasion
καλέσαι καὶ ἀναστῆσαι	d'appeler et de ressusciter
τοὺς ἀπελθόντας,	ceux qui sont partis (morts),
καὶ ἀναγαγεῖν	et de *les* ramener
πρὸς τὴν ζωὴν προτέραν.	à la vie précédente.
Καὶ γὰρ οὗτοι τεθνήκασιν ἤδη,	Et en effet ceux-ci sont morts déjà,
καὶ πρὶν ἢ τὴν ψῆφον	même avant que le suffrage (arrêt)
ἐξενεχθῆναι,	avoir (ait) été porté,
καὶ ἡ πόλις ἐσκήνωται νῦν	et la ville est campée maintenant
παρὰ τὰς πύλας αὐτὰς τοῦ ᾅδου.	aux portes mêmes de l'enfer.
Ἀνάστησον οὖν αὐτὴν ἐκεῖθεν	Ressuscite donc elle de là
χωρὶς χρημάτων,	sans fonds,
χωρὶς δαπάνης,	sans dépense,
χωρίς τινος χρόνου	sans quelque (aucun) temps
καὶ πόνου ·	et (ni) *aucune* peine;
ἀρκεῖ γάρ σοι	car il suffit à toi
φθέγγεσθαι μόνον,	de rendre-un-son seulement,

3

καὶ ἀναστῆσαι τὴν πόλιν τὴν ἐν σκότῳ κειμένην. Νῦν δὸς αὐτὴν
καλεῖσθαι λοιπὸν ἀπὸ τῆς σῆς φιλανθρωπίας[1] · οὐδὲ γὰρ τοσαύτην εἴσεται χάριν τῷ παρὰ τὴν ἀρχὴν αὐτὴν οἰκίσαντι, ὅσην τῇ
ψήφῳ τῇ σῇ · καὶ μάλα εἰκότως. Ἐκεῖνος μὲν γὰρ ἀρχὴν αὐτῇ
δοὺς ἀπῆλθε · σὺ δὲ αὐξηθεῖσαν, καὶ γενομένην μεγάλην, καὶ
μετὰ τὴν πολλὴν ταύτην εὐημερίαν κατενεχθεῖσαν ἀναστήσεις.
Οὐκ ἦν οὕτω θαυμαστὸν, εἰ, πολεμίων αὐτὴν ἑλόντων, καὶ
βαρβάρων καταδραμόντων, ἀπήλλαξας τοῦ κινδύνου, ὡς ἔστι
θαυμαστὸν τὸ φείσασθαι νῦν · ἐκεῖνο μὲν γὰρ πολλοὶ πολλάκις
βασιλέων ἐποίησαν, τοῦτο δὲ σὺ μόνος ἐργάσῃ καὶ πρῶτος παρὰ
προσδοκίαν ἅπασαν. Κἀκεῖνο μὲν οὖν οὐδὲν θαυμαστὸν οὐδὲ
παράδοξον, ἀλλὰ τῶν ἀεὶ συμβαινόντων ἐστὶν, τὸ τῶν ὑπηκόων

des ténèbres où elle est plongée. Permets qu'elle prenne en ce jour
un nom qui rappelle ta clémence : car elle sera moins reconnaissante
envers son premier fondateur qu'envers l'arrêt qui va la sauver; et
ce sera justice. Celui-là, après lui avoir donné l'existence, a quitté
cette terre, tandis que toi tu relèveras une grande et puissante cité
abattue tout à coup après de longs jours de prospérité. Si des en-
nemis l'avaient prise, si des barbares l'avaient envahie, tu serais
moins grand en la sauvant du péril qu'en l'épargnant aujourd'hui :
de ces deux choses, l'une a été faite mille fois par mille princes di-
vers; l'autre aura été accomplie par toi seul, par toi le premier,
et contre toute attente. Protéger ses sujets n'a rien de surpre-
nant ni d'extraordinaire, c'est ce qu'on voit tous les jours; domp-

καὶ ἀναστῆσαι τὴν πόλιν	et de (pour) ressusciter la ville
τὴν κειμένην ἐν σκότῳ.	gisant dans les ténèbres.
Νῦν δὸς αὐτὴν	Maintenant donne (permets) elle
καλεῖσθαι λοιπὸν	être appelée à l'avenir
ἀπὸ τῆς σῆς φιλανθρωπίας·	d'après ton humanité :
οὐδὲ γὰρ εἴσεται τοσαύτην χάριν	car elle ne saura pas autant-de gré
τῷ οἰκίσαντι αὐτὴν	à celui qui a fondé elle
παρὰ τὴν ἀρχὴν,	dans le principe,
ὅσην τῇ ψήφῳ τῇ σῇ·	qu'au suffrage (arrêt) tien ;
καὶ μάλα εἰκότως.	et fort raisonnablement.
Ἐκεῖνος μὲν γὰρ ἀπῆλθε	Car celui-là s'en est allé
δοὺς ἀρχὴν	ayant donné un commencement
αὐτῇ·	à elle ;
σὺ δὲ ἀναστήσεις	mais toi tu relèveras elle
αὐξηθεῖσαν,	ayant été accrue,
καὶ γενομένην μεγάλην,	et étant devenue grande,
καὶ κατενεχθεῖσαν	et ayant été abattue
μετὰ ταύτην τὴν εὐημερίαν	après cette prospérité
πολλήν.	longue.
Εἰ, πολεμίων ἑλόντων αὐτὴν,	Si, des ennemis ayant pris elle,
καὶ βαρβάρων καταδραμόντων,	et des barbares l'ayant envahie,
ἀπήλλαξας	tu l'avais délivrée
τοῦ κινδύνου,	du danger,
οὐκ ἦν	la chose n'était pas (n'aurait pas été)
θαυμαστὸν οὕτως,	admirable ainsi,
ὡς τὸ φείσασθαι νῦν	comme l'épargner maintenant
ἐστι θαυμαστόν·	est admirable ;
πολλοὶ μὲν γὰρ βασιλέων	car de nombreux des rois
πολλάκις ἐποίησαν ἐκεῖνο,	souvent ont fait cela,
σὺ δὲ	mais toi
μόνος καὶ πρῶτος	seul et premier
ἐργάσῃ τοῦτο	tu feras ceci
παρὰ ἅπασαν προσδοκίαν·	contre toute attente.
Καὶ ἐκεῖνο μὲν οὖν,	Et cette chose-là donc,
τὸ προΐστασθαι	se tenir-en-avant-de (protéger)
τῶν ὑπηκόων,	ses sujets,
οὐδὲν θαυμαστὸν	n'est en rien admirable
οὐδὲ παράδοξον,	ni contraire-à-l'attente,
ἀλλά ἐστι	mais est une
τῶν συμβαινόντων ἀεί·	des choses qui arrivent toujours,

προΐστασθαι· τὸ δὲ τοσαῦτα παθόντα καὶ τοιαῦτα ἀφεῖναι τὴν ὀργὴν, τοῦτο πᾶσαν ἀνθρωπίνην ὑπερβαίνει φύσιν.

X. « Ἐννόησον ὅτι νῦν οὐ περὶ τῆς πολεώς σοι βουλευτέον μόνον ἐστὶν ἐκείνης, ἀλλὰ καὶ περὶ τῆς δόξης τῆς σῆς, μᾶλλον δὲ καὶ περὶ τοῦ Χριστιανισμοῦ παντός. Νῦν καὶ Ἰουδαῖοι καὶ Ἕλληνες, καὶ πᾶσα ἡ οἰκουμένη, καὶ βάρβαροι (καὶ γὰρ κἀκεῖνοι ταῦτα ἤκουσαν) πρὸς σὲ κεχήνασιν, ἀναμένοντες ἰδεῖν οἵαν οἴσεις κατὰ τῶν γεγενημένων τὴν ψῆφον. Κἂν μὲν φιλάνθρωπον ἐξενέγκῃς καὶ ἥμερον, ἐπαινέσονται τὸ δόγμα πάντες, καὶ δοξάσουσι τὸν Θεὸν, καὶ πρὸς ἀλλήλους ἐροῦσι· « Βαβαὶ, πόση τοῦ « Χριστιανισμοῦ ἡ δύναμις ! ἄνθρωπον, οὐδένα ἔχοντα ὁμότιμον « ἐπὶ τῆς γῆς, κύριον ὄντα ἀπολέσαι πάντα καὶ διαφθεῖραι, « κατέσχε καὶ ἐχαλίνωσε, καὶ φιλοσοφεῖν ἐπαίδευσε φιλοσοφίαν, « ἣν οὐδ᾽ ἂν ἰδιώτης ἄνθρωπος ἐπεδείξατο. Ὄντως μέγας ὁ τῶν

ter sa colère après avoir essuyé de tels outrages, voilà ce qui surpasse la nature humaine.

X. « Songe qu'en ce jour tu n'as pas seulement à prononcer sur le sort de cette ville, mais sur ta propre gloire, ou plutôt sur le christianisme tout entier. Les Juifs, les Gentils, toute la terre, les barbares mêmes (car ils savent aussi ce qui s'est passé), ont les yeux fixés sur toi; ils attendent l'arrêt que tu vas prononcer contre les coupables. Si tu rends une sentence de douceur et de bonté, ils te loueront tous, ils glorifieront Dieu, et se diront entre eux : « Oh ! quelle est la puis- « sance de la religion chrétienne ! un homme qui n'a pas d'égal sur « la terre, qui est maître de tout renverser, de tout détruire, elle « le contient et le dompte, elle lui enseigne une modération qu'un « simple particulier même n'eût pas montrée. Le Dieu des chrétiens

τὸ δὲ παθόντα — mais ayant éprouvé

τοσαῦτα καὶ τοιαῦτα — de si-grands et de tels *outrages*

ἀφεῖναι τὴν ὀργὴν, — renvoyer (apaiser) sa colère,

τοῦτο ὑπερβαίνει — ceci dépasse

πᾶσαν φύσιν ἀνθρωπίνην. — toute nature humaine.

    X. « Ἐννόησον ὅτι νῦν —   X. « Songe que maintenant

ἐστί σοι βουλευτέον — il est à toi à-délibérer

οὐ μόνον — non-seulement

περὶ ἐκείνης τῆς πόλεως, — sur cette ville-là,

ἀλλὰ καὶ περὶ τῆς δόξης τῆς σῆς, — mais aussi sur la gloire tienne,

μᾶλλον δὲ καὶ — et plutôt aussi

περὶ παντὸς τοῦ Χριστιανισμοῦ. — sur tout le christianisme.

Νῦν καὶ Ἰουδαῖοι καὶ Ἕλληνες, — Maintenant et les Juifs et les Gentils,

καὶ πᾶσα ἡ οἰκουμένη. — et toute la terre habitée,

καὶ βάρβαροι, — et les barbares,

— καὶ γὰρ καὶ ἐκεῖνοι — — et en effet aussi ceux-là

ἤκουσαν ταῦτα. — — ont entendu (appris) ces choses, —

κεχήνασι πρὸς σὲ, — ont-la-bouche-ouverte vers (les yeux

ἀναμένοντες ἰδεῖν — attendant pour voir [fixés sur) toi,

οἵαν οἴσεις — quel tu porteras (rendras)

τὴν ψῆφον — le suffrage (l'arrêt)

κατὰ τῶν γεγενημένων. — contre les choses qui ont eu-lieu.

Καὶ ἂν μὲν ἐξενέγκῃς — Et si tu *l*'as porté

φιλάνθρωπον καὶ ἥμερον, — humain et doux,

πάντες ἐπαινέσονται τὸ δόγμα, — tous loueront la sentence,

καὶ δοξάσουσι τὸν Θεὸν, — et glorifieront Dieu,

καὶ ἐροῦσι πρὸς ἀλλήλους· — et diront les uns aux autres :

« Βαβαὶ, — « Ah ! ah !

« πόση ἡ δύναμις — « combien-grande *est* la puissance

« τοῦ Χριστιανισμοῦ! — « du christianisme !

« κατέσχε καὶ ἐχαλίνωσεν — « elle a contenu et a réfréné

« ἄνθρωπον — « un homme

« ἔχοντα οὐδένα ὁμότιμον. — « qui *n*'a aucun égal-en-honneur

« ἐπὶ τῆς γῆς, — « sur la terre,

« ὄντα κύριον ἀπολέσαι — « qui est maître de perdre

« καὶ διαφθεῖραι πάντα, — « et de détruire toutes choses,

« καὶ ἐπαίδευσε — « et elle *lui* a enseigné

« φιλοσοφεῖν φιλοσοφίαν — « à être-sage d'une sagesse

« ἣν οὐδὲ ἄνθρωπος ἰδιώτης — « que pas même un homme simple-

« ἂν ἐδείξατο. — « n'aurait montrée.   [particulier

« Χριστιανῶν Θεὸς, ὃς ἐξ ἀνθρώπων ἀγγέλους ποιεῖ, καὶ πάσης
« ἀνάγκης φυσικῆς ἀνωτέρους καθίστησιν. »

XI. « Μὴ γὰρ δὴ τὸν περιττὸν ἐκεῖνον δείσῃς φόβον, μηδὲ
ἀνάσχῃ λεγόντων τινῶν ὡς αἱ λοιπαὶ χείρους ἔσονται πόλεις,
καὶ καταφρονήσουσι μᾶλλον, ταύτης μὴ κολασθείσης. Εἰ μὲν
γὰρ ἀδυνάτως εἶχες ἐπεξελθεῖν, καὶ βίᾳ σου περιεγένοντο ταῦτα
ποιήσαντες, καὶ ἰσοστάσιος ἦν ἡ δύναμις, εἰκότως ταῦτα ὑποπτεύειν ἐχρῆν. Εἰ δὲ κατεπτήχασι καὶ προαπέθανον τῷ δέει,
καὶ πρὸς τοὺς πόδας ἔδραμον τοὺς σοὺς δι’ ἐμοῦ, καὶ οὐδὲν ἕτερον καθ’ ἑκάστην προσδοκῶσι τὴν ἡμέραν ἢ τὸ βάραθρον, καὶ
λιτὰς ποιοῦνται κοινὰς, εἰς τὸν οὐρανὸν βλέποντες, καὶ τὸν Θεὸν
παρακαλοῦντες ἐλθεῖν καὶ συνεφάψασθαι τῆς αὐτῆς ἡμῖν πρεσβείας, καὶ, καθάπερ οἱ πρὸς τὰς ἐσχάτας ὄντες ἀναπνοὰς, περὶ
τῶν οἰκείων ἕκαστος ἐπέσκηψε τῶν ἑαυτοῦ, πῶς οὐ περιττὸν

« est véritablement grand, lui qui change les hommes en anges et
« les élève au-dessus de tous les sentiments de la nature. »

XI. « Ne conçois pas une crainte vaine; n'écoute pas ces hommes
qui te disent que les autres cités seront moins soumises, qu'elles mépriseront ton autorité, si Antioche n'est point châtiée. Ah! si tu étais
hors d'état de punir, si les coupables avaient triomphé de toi par la
force, si leur puissance était égale à la tienne, ces appréhensions se-
raient fondées peut-être; mais s'ils sont frappés de terreur et déjà
morts d'épouvante, s'ils sont prosternés à tes pieds dans ma personne, si chaque jour ils s'attendent à tomber dans l'abîme; si, les
yeux élevés au ciel, ils adressent à Dieu de communes prières, le
suppliant de se joindre à moi, de m'assister dans cette mission; si,
semblables à des hommes qui vont rendre le dernier soupir, ils songent chacun à ce qui les touche de près, comment une pareille crainte

« Ὁ Θεὸς τῶν Χριστιανῶν « Le Dieu des chrétiens
« ὄντως μέγας, « *est* réellement grand,
« ὃς ποιεῖ ἀγγέλους « *lui* qui fait des anges
« ἐξ ἀνθρώπων, « d'hommes,
« καὶ καθίστησιν ἀνωτέρους « et *les* place plus élevés
« πάσης ἀνάγκης φυσικῆς. » « que toute nécessité (loi) naturelle. »

XI. « Μὴ γὰρ δὴ δείσῃς XI. « Car certes ne crains pas
ἐκεῖνον τὸν φόβον περιττὸν, de cette crainte superflue (vaine),
μηδὲ ἀνάσχῃ τινῶν et ne supporte pas certains *hommes*
λεγόντων ὡς αἱ λοιπαὶ πόλεις disant que les autres villes
ἔσονται χείρους, seront pires (moins soumises),
καὶ καταφρονήσουσι μᾶλλον, et te mépriseront davantage,
ταύτης μὴ κολασθείσης. celle-ci n'ayant pas été châtiée.
Εἰ μὲν γὰρ εἶχες ἀδυνάτως Car si tu étais dans l'impuissance
ἐπεξελθεῖν, de sortir-contre (punir) *les rebelles*,
καὶ ποιήσαντες ταῦτα et *si* ayant fait ces choses
περιεγένοντό σου ils l'avaient emporté-sur toi
βίᾳ, par la force,
καὶ ἡ δύναμις ἦν ἰσοστάσιος, et si la puissance était de-poids-égal,
εἰκότως raisonnablement
ἐχρῆν ὑποπτεύειν ταῦτα. il faudrait te méfier de ces *résultats*.
Εἰ δὲ κατεπτήχασι Mais s'ils sont consternés
καὶ προαπέθανον τῷ δέει, et sont morts-d'avance par la peur,
καὶ ἔδραμον διὰ ἐμοῦ et ont couru par moi
πρὸς τοὺς πόδας τοὺς σοὺς, vers les pieds tiens,
καὶ προσδοκῶσι et n'attendent
κατὰ ἑκάστην τὴν ἡμέραν par chaque jour (de jour en jour)
οὐδὲν ἕτερον ἢ τὸ βάραθρον, rien autre que l'abîme,
καὶ ποιοῦνται λιτὰς κοινὰς, et font des supplications communes,
βλέποντες εἰς τὸν οὐρανὸν, regardant vers le ciel,
καὶ παρακαλοῦντες τὸν Θεὸν et conjurant Dieu
ἐλθεῖν de venir   [commun
καὶ συνεφάψασθαι et de mettre-la-main (travailler)-en-
τῆς αὐτῆς πρεσβείας ἡμῖν, à la même ambassade que nous,
καὶ ἕκαστος, et si chacun *d'eux*,
καθάπερ οἱ ὄντες comme ceux qui sont
πρὸς τὰς ἐσχάτας ἀναπνοὰς, aux derniers soupirs,
ἐπέσκηψε a fait-ses-recommandations
περὶ τῶν οἰκείων τῶν ἑαυτοῦ, sur les choses propres celles de lui-
πῶς τοῦτο τὸ δέος comment cette crainte   [même,

τοῦτο τὸ δέος; Οὐκ ἂν, εἰ σφαγῆναι ἐκελεύσθησαν, τοσαῦτα ἂν
ἔπαθον ὅσα πάσχουσι νῦν, ἡμέραις τοσαύταις φόβῳ καὶ τρόμῳ
συζῶντες, καὶ, ἑσπέρας καταλαβούσης, οὐ προσδοκῶντες ὄψεσθαι
τὴν ἕω, καὶ, ἡμέρας γενομένης, οὐκ ἐλπίζουσιν εἰς ἑσπέραν ἀφίξεσθαι. Πολλοὶ καὶ θηρίοις ἐνέπεσον, τὰς ἐρήμους διώκοντες,
καὶ πρὸς τὰς ἀβάτους μετοικισθέντες, οὐκ ἄνδρες μόνον, ἀλλὰ
καὶ παιδία μικρὰ, καὶ γυναῖκες ἐλεύθεραι καὶ εὐσχήμονες, πολλὰς νύκτας καὶ ἡμέρας ἐν σπηλαίοις καὶ φάραγξι καὶ ταῖς ὀπαῖς
κατακρυπτόμεναι τῆς ἐρήμου. Καὶ καινὸς αἰχμαλωσίας κατέχει
τὴν πόλιν τρόπος. Τῶν οἰκοδομημάτων καὶ τῶν τειχῶν ἑστηκό-
των, χαλεπώτερα τῶν ἐμπρησθεισῶν πάσχουσι πόλεων · οὐδενὸς
βαρβάρου παρόντος οὐδὲ πολεμίου φαινομένου, ἀθλιώτερον τῶν
ἁλόντων διάκεινται, καὶ φύλλον κινούμενον μόνον πάντας αὐτοὺς

n'est-elle pas vaine? Non, si tu avais donné l'ordre de les égorger,
ils n'auraient pas enduré tous les maux qu'ils souffrent en ce moment, vivant depuis tant de jours dans la terreur et les alarmes : le
soir vient, et ils ne s'attendent pas à voir l'aurore; le jour se lève, et
ils n'espèrent pas aller jusqu'au soir. Combien d'entre eux sont tom-
bés sous la dent des bêtes féroces, tandis qu'ils cherchent les déserts
et se réfugient dans des lieux inaccessibles; non-seulement des hommes, mais de petits enfants, mais des femmes libres et de haut rang,
cachés pendant tant de nuits et tant de jours dans des cavernes,
dans des antres, dans des ravins! Une captivité d'un nouveau genre
enveloppe la ville. Ses édifices et ses remparts sont debout, mais
elle est plus misérable encore que les cités réduites en cendres; aucun barbare n'est là, aucun ennemi ne se montre, mais les habitants
sont plus malheureux que des prisonniers, et la feuille qui s'agite les

οὐ περιττόν; — n'*est-elle* pas superflue (vaine)?

Εἰ ἐκελεύσθησαν — S'ils avaient été ordonnés (si tu avais

σφαγῆναι, — être (qu'ils fussent) égorgés, [dit]

οὐκ ἂν ἔπαθον — ils n'auraient pas souffert

τοσαῦτα — de si-grands *maux*

ὅσα πάσχουσι νῦν, — qu'ils *en* souffrent maintenant,

συζῶντες φόβῳ — vivant-avec la crainte

καὶ τρόμῳ — et le tremblement

τοσαύταις ἡμέραις, — tant-de jours,

καὶ, ἑσπέρας καταλαβούσης, — et, le soir étant survenu,

οὐ προσδοχῶντες ὄψεσθαι τὴν ἕω, — ne s'attendant pas à voir l'aurore,

καὶ, ἡμέρας γενομένης, — et, le jour s'étant fait,

οὐκ ἐλπίζουσιν — ils n'espèrent pas

ἀφίξεσθαι εἰς ἑσπέραν. — devoir arriver au soir.

Πολλοὶ καὶ — Beaucoup aussi [bêtes-sauvages,

ἐνέπεσον θηρίοις, — sont tombés-sur (ont rencontré) des

διώκοντες τὰς ἐρήμους, — recherchant les *terres* désertes,

καὶ μετοικισθέντες — et s'étant transportés

πρὸς τὰς ἀβάτους, — vers les *terres* inaccessibles,

οὐ μόνον ἄνδρες, — non-seulement des hommes,

ἀλλὰ καὶ παιδία μικρὰ, — mais aussi des enfants-petits,

καὶ γυναῖκες ἐλεύθεραι — et des femmes libres

καὶ εὐσχήμονες, — et de-belle-position (d'un haut rang),

κατακρυπτόμεναι — se cachant

πολλὰς νύκτας καὶ ἡμέρας — beaucoup-de nuits et *de* jours

ἐν σπηλαίοις καὶ φάραγξι — dans des cavernes et des ravins

καὶ ταῖς ὀπαῖς. — et *dans* les cavités.

Καὶ καινὸς τρόπος αἰχμαλωσίας — Et une nouvelle manière de captivité

κατέχει τὴν πόλιν. — possède la ville.

Τῶν οἰκοδομημάτων — Les édifices

καὶ τῶν τειχῶν — et les murailles

ἑστώτων, — se-tenant-debout,

πάσχουσι χαλεπώτερα — ils souffrent des *maux* plus pénibles

τῶν πόλεων ἐμπρησθεισῶν· — que les villes incendiées ;

οὐδενὸς βαρβάρου παρόντος — aucun barbare n'étant-présent

οὐδὲ πολεμίου φαινομένου, — et *aucun* ennemi ne paraissant,

διάκεινται ἀθλιώτερον — ils sont disposés plus malheureuse-

τῶν ἁλόντων, — que ceux qui ont été pris, [ment

καὶ φύλλον κινούμενον — et une feuille agitée

μόνον ἀποσοβεῖ αὐτοὺς πάντας — seule met-en-fuite eux tous

3.

ἀποσοβεῖ καθ' ἑκάστην ἡμέραν. Καὶ ταῦτα ἴσασιν ἅπαντες, καὶ, εἰ κατασκαφεῖσαν αὐτὴν εἶδον, οὐκ ἂν οὕτως ἐσωφρονίσθησαν, ὡς νῦν ταύτας αὐτῆς ἀκούοντες τὰς συμφοράς. Μὴ τοίνυν τοῦτὸ νομίσῃς, ὡς χείρους ἔσονται αἱ λοιπαὶ πόλεις. Οὐκ ἄν, εἰ κατέσκαψας τὰς ἄλλας πόλεις, οὕτως αὐτὰς ἐσωφρόνισας, ὡς νῦν διὰ τῆς ἀδήλου τῶν ἐσομένων προσδοκίας σφοδρότερον πάσης κολάσεως παιδεύσας αὐτούς.

XII. « Καὶ μὴ περαιτέρω προενέγκῃς αὐτοῖς τὰς συμφορὰς, ἀλλ' ἄφες ἀναπνεῦσαι λοιπόν. Τὸ μὲν γὰρ κολάσαι τοὺς ὑπευθύνους, καὶ δίκην ἀπαιτῆσαι τῶν πεπραγμένων, ῥᾴδιον πάντως καὶ εὔκολον· τὸ δὲ φείσασθαι τῶν ὑβρικότων, καὶ συγγνώμην δοῦναι τοῖς ἀσύγγνωστα ἡμαρτηκόσιν, ἑνός που καὶ δευτέρου μόλις ἐστὶ, καὶ μάλιστα ὅταν βασιλεὺς ὁ ὑβρισμένος ᾖ. Καὶ τῷ φόβῳ δὲ ὑποτάξαι πόλιν εὔκολον· τὸ δὲ πάντας ἐραστὰς καταστῆσαι,

glace chaque jour d'épouvante. Tous les peuples le savent, et la vue d'Antioche détruite ne serait pas pour eux une leçon aussi forte que le récit de ses malheurs. Ne crois donc pas que les autres villes seront moins soumises. Quand tu les renverserais de fond en comble, tu les instruirais moins que par cette attente incertaine de l'avenir, enseignement plus salutaire que tous les châtiments.

XII. « Ne prolonge pas davantage leurs afflictions, mais permets-leur enfin de respirer. Châtier ses sujets, tirer vengeance de leurs fautes, c'est chose facile et simple ; épargner ceux qui nous ont outragés, pardonner à ceux dont le crime semble être au-dessus du pardon, c'est ce dont un homme ou deux au plus sont capables, surtout quand c'est un roi qui est l'offensé. Il est aisé de contenir une ville par la crainte ; mais conquérir l'amour de tous les humains, leur in-

κατὰ ἑκάστην ἡμέραν. par chaque jour (tous les jours).

Καὶ ἅπαντες ἴσασι ταῦτα, Et tous savent ces choses,

καὶ, εἰ εἶδον αὐτὴν et, s'ils avaient vu elle

κατασκαφεῖσαν, détruite-de-fond-en-comble,

οὐκ ἂν ἐσωφρονίσθησαν ils n'auraient pas été rendus-sages

οὕτως, ainsi,   [(corrigés)

ὡς νῦν comme *ils le sont* maintenant

ἀκούοντες entendant

ταύτας τὰς συμφορὰς αὐτῆς. ces malheurs d'elle.

Μὴ νομίσῃς τοίνυν τοῦτο, Ne crois donc pas ceci,

ὡς αἱ λοιπαὶ πόλεις que les autres villes

ἔσονται χείρους. seront pires (moins soumises).

Εἰ κατέσκαψας τὰς ἄλλας πόλεις, Si tu avais renversé les autres villes,

οὐκ ἂν ἐσωφρόνισας αὐτὰς tu n'aurais pas rendu-sages elles

οὕτως, ὡς νῦν, ainsi, comme maintenant,

παιδεύσας αὐτοὺς ayant enseigné eux

διὰ τῆς προσδοκίας ἀδήλου par l'attente incertaine

τῶν ἐσομένων des choses qui doivent être

σφοδρότερον d'une-manière-plus-vive

πάσης κολάσεως. que tout châtiment.

XII. « Καὶ μὴ προενέγκῃς XII. « Et ne porte pas

τὰς συμφορὰς περαιτέρω αὐτοῖς, les malheurs plus loin à eux,

ἀλλὰ ἄφες ἀναπνεῦσαι λοιπόν. mais laisse-*les* respirer désormais.

Τὸ μὲν γὰρ κολάσαι Car châtier

τοὺς ὑπευθύνους, ceux *qui sont* soumis,

καὶ ἀπαιτῆσαι δίκην et réclamer justice (tirer vengeance)

τῶν πεπραγμένων, des choses faites,

πάντως ῥᾴδιον καὶ εὔκολον · *est* absolument facile et aisé ;

τὸ δὲ φείσασθαι τῶν ὑβρικότων, mais épargner ceux qui ont outragé,

καὶ δοῦναι συγγνώμην et donner pardon

τοῖς ἡμαρτηκόσιν à ceux qui ont péché

ἀσύγγνωστα, en des choses impardonnables,

ἐστὶν ἑνός που est *le fait* d'un seul peut-être

καὶ δευτέρου μόλις, et d'un second (de deux) à peine,

καὶ μάλιστα ὅταν βασιλεὺς et surtout lorsqu'un roi

ᾖ ὁ ὑβρισμένος. est l'outragé.

Καὶ δὲ ὑποτάξαι πόλιν Et aussi soumettre une ville

τῷ φόβῳ par la crainte

εὔκολον · *est* chose aisée ;

τὸ δὲ καταστῆσαι πάντας mais établir (rendre) tous

καὶ μετ᾽ εὐνοίας πεῖσαι διαχεῖσθαι περὶ τὴν βασιλείαν τὴν σὴν,
καὶ μὴ μόνον κοινὰς, ἀλλὰ καὶ ἰδίας ὑπὲρ τῆς σῆς ἀρχῆς ποι-
εῖσθαι εὐχὰς, δυσκατόρθωτον. Κἂν μυρία τις ἀναλώσῃ χρήματα,
κἂν μυρία κινήσῃ στρατόπεδα, κἂν ὁτιοῦν ἐργάσηται, οὐκ εὐ-
κόλως τοσούτων ἀνθρώπων διάθεσιν πρὸς ἑαυτὸν ἐπισπάσασθαι
δυνήσεται· ὃ νῦν ῥάδιον ἔσται καὶ εὔκολον · οἵ τε γὰρ εὐεργετη-
θέντες, οἵ τε ἀκούσαντες ὁμοίως τοῖς εὐεργετηθεῖσι περὶ σὲ δια-
κείσονται. Πόσων ἂν ἐπρίω χρημάτων, πόσων ἂν ἐπρίω πόνων
ἐν βραχείᾳ καιροῦ ῥοπῇ τὴν οἰκουμένην ἅπασαν ἀνακτήσασθαι,
καὶ πεῖσαι τούς τε νῦν ὄντας ἀνθρώπους, τούς τε ἐσομένους
ἅπαντας, ὅσα τοῖς αὐτῶν εὔχονται παισὶ, τοσαῦτα καὶ τῇ σῇ
κεφαλῇ; Εἰ δὲ παρὰ ἀνθρώπων ταῦτα, ἐννόησον ὅσον παρὰ τοῦ

spirer à tous de l'affection pour ton autorité, les amener à former
des vœux, non-seulement en commun, mais en particulier, pour la
gloire de ton règne, voilà ce qui est difficile. On aurait beau dépenser
d'immenses trésors, faire mouvoir d'innombrables armées, mettre tout
en œuvre, on ne gagnerait qu'avec peine l'affection de tant d'hommes ;
mais toi, tu le peux aujourd'hui aisément et sans effort ; ceux qui
auront éprouvé tes bienfaits et ceux qui en entendront le récit seront
dans les mêmes dispositions à ton égard. Au prix de quelles richesses
et de quelles fatigues n'achèterais-tu pas l'avantage d'acquérir en un
instant toute la terre, et de persuader à tous ceux qui existent ou
qui naîtront un jour de faire pour ta personne les mêmes vœux que
pour leurs enfants? Et si telle est ta récompense auprès des hommes,

ἐραστάς,	amis,
καὶ πεῖσαι	et leur persuader
διακεῖσθαι μετὰ εὐνοίας	d'être disposés avec bienveillance
περὶ τὴν βασιλείαν τὴν σὴν,	pour la royauté tienne,
καὶ ποιεῖσθαι εὐχὰς,	et de faire des vœux,
μὴ μόνον κοινὰς,	non-seulement communs (publics),
ἀλλὰ καὶ ἰδίας,	mais même particuliers,
ὑπὲρ τῆς σῆς ἀρχῆς,	pour ton autorité,
δυσκατόρθωτον.	est chose difficile-à-réussir.
Καὶ ἄν τις ἀναλώσῃ	Et si quelqu'un dépensait
χρήματα μυρία,	des sommes infinies,
καὶ ἄν κινήσῃ	et s'il mettait-en-mouvement
στρατόπεδα μυρία,	des armées innombrables,
καὶ ἄν ἐργάσηται ὁτιοῦν,	et s'il faisait quoi-que-ce-soit.
οὐ δυνήσεται εὐκόλως	il ne pourra (pourrait) pas aisément
ἐπισπάσασθαι πρὸς ἑαυτὸν	attirer vers lui-même
διάθεσιν	l'affection
ἀνθρώπων τοσούτων ·	d'hommes si-nombreux ;
ὃ νῦν	ce qui maintenant
ἔσται ῥᾴδιον καὶ εὔκολον ·	sera facile et aisé : [t'aimeront,
οἵ τε γὰρ εὐεργετηθέντες,	car et ceux ayant reçu le bienfait
οἵ τε ἀκούσαντες	et ceux l'ayant entendu (appris)
διακείσονται περὶ σὲ	seront disposés pour toi
ὁμοίως	pareillement
τοῖς εὐεργετηθεῖσι.	à ceux ayant reçu-le-bienfait.
Πόσων χρημάτων	Pour combien-de-sommes
ἂν ἐπρίω,	aurais-tu acheté,
πόσων πόνων	pour combien-de-peines
ἂν ἐπρίω	aurais-tu acheté
ἀνακτήσασθαι	d'acquérir (de te concilier)
ἅπασαν τὴν οἰκουμένην	toute la terre habitée
ἐν βραχείᾳ ῥοπῇ καιροῦ,	dans un court mouvement de temps,
καὶ πεῖσαι	et de persuader
τούς τε ἀνθρώπους ὄντας νῦν,	et aux hommes qui sont maintenant,
ἅπαντάς τε τοὺς ἐσομένους,	et à tous ceux qui seront,
τοσαῦτα	de souhaiter autant-de biens
καὶ τῇ σῇ κεφαλῇ,	aussi à ta tête,
ὅσα εὔχονται	qu'ils en souhaitent
τοῖς παισὶν αὐτῶν ;	aux enfants d'eux-mêmes ?
Εἰ δὲ ταῦτα	Et si ces hommages

Θεοῦ λήψῃ τὸν μισθὸν, οὐχὶ τῶν νῦν γινομένων μόνον, ἀλλὰ
καὶ τῶν μετὰ ταῦτα παρ' ἑτέρων κατορθουμένων[1].

XIII. « Εἰ γάρ ποτε συμβαίη γενέσθαι τοιοῦτον, οἷον δὴ γέγονε νῦν (ὃ μὴ γένοιτο !), καί τινες τῶν ὑβρισμένων βουλεύσωνται[2] ἐπεξελθεῖν τοῖς ὑβρικόσιν, ἡ πραότης ἡ σὴ καὶ ἡ φιλοσοφία
ἀντὶ πάσης ἔσται διδασκαλίας αὐτοῖς καὶ παραινέσεως, καὶ ἐρυθριάσουσι καὶ καταισχυνθήσονται, τοιοῦτον ἔχοντες φιλοσοφίας
παράδειγμα, ἐλάττους φανῆναι. Ὥστε τῶν μετὰ ταῦτα πάντων
ἔσῃ διδάσκαλος, καὶ τὰ νικητήρια κατ' αὐτῶν ἕξεις, κἂν εἰς αὐτὴν τὴν κορυφὴν τῆς φιλοσοφίας φθάσωσιν. Οὐ γάρ ἐστιν[3] ἴσον
αὐτὸν κατάρξαι τοσαύτης πραότητος πρῶτον, καὶ πρὸς ἑτέρους
βλέποντα μιμήσασθαι τὰ παρ' ἐκείνων κατορθωθέντα. Διὰ τοῦτο,

songe à la grandeur de celle que tu recevras de Dieu, non-seulement
pour ta noble action, mais pour tous les traits de même vertu dont
sera témoin l'avenir.

XIII. « Car si jamais, ce que je suis loin de souhaiter, les mêmes
circonstances se renouvelaient, et que les princes outragés voulussent
venger leur injure, ta douceur et ta modération seront pour eux une
grande leçon, une exhortation puissante ; ils rougiraient, ils auraient
honte de rester au-dessous d'un pareil exemple de sagesse. Tu seras
donc le maître de tous les rois à venir, et tu l'emporteras sur eux,
quand bien même ils s'élèveraient au plus haut degré de la vertu.
Car ce n'est pas la même chose de donner le premier l'exemple d'une
telle bonté ou d'imiter les généreuses actions d'autrui présentes à nos

παρὰ ἀνθρώπων,
ἐννόησον
ὅσον ἀλήψῃ τὸν μισθὸν
παρὰ τοῦ Θεοῦ,
οὐχὶ μόνον τῶν γινομένων νῦν,
ἀλλὰ καὶ
τῶν κατορθουμένων παρὰ ἑτέρων
μετὰ ταῦτα.

XIII. « Εἰ γάρ ποτε
συμβαίη τοιοῦτον,
οἷον δὴ γέγονε νῦν,
γενέσθαι
(ὃ μὴ γένοιτο !),
καί τινες τῶν ὑβρισμένων
βουλεύσωνται
ἐπεξελθεῖν
τοῖς ὑβρικόσιν,
ἡ πραότης καὶ ἡ φιλοσοφία ἡ σὴ
ἔσται ἀντὶ πάσης διδασκαλίας
καὶ παραινέσεως αὐτοῖς,
καὶ ἐρυθριάσουσι
καὶ καταισχυνθήσονται,
ἔχοντες τοιοῦτον παράδειγμα
φιλοσοφίας,
φανῆναι ἐλάττους.
Ὥστε ἔσῃ διδάσκαλος
πάντων τῶν μετὰ ταῦτα,
καὶ ἕξεις
τὰ νικητήρια αὐτῶν,
καὶ ἂν φθάσωσιν
εἰς τὴν κορυφὴν αὐτὴν
τῆς φιλοσοφίας.
Οὐ γάρ ἐστιν ἴσον
κατάρξαι αὐτὸν
πρῶτον
τοσαύτης πραότητος,
καὶ βλέποντα πρὸς ἑτέρους
μιμήσασθαι
τὰ κατορθωθέντα παρὰ ἐκείνων.
Διὰ τοῦτο,

te sont rendus par les hommes,
songe
quelle tu recevras la récompense
de Dieu, [présent,
non-seulement des choses se faisant à
mais encore
de celles menées-droit par d'autres
après celles-ci.

XIII. Car si jamais
il arrivait une chose telle,
que donc il s'en est fait une mainte-
se faire [nant,
(chose qui puisse ne pas arriver !),
et si quelques-uns de ceux outragés
délibèrent
de sortir-contre (punir)
ceux ayant outragé,
la douceur et la sagesse tienne [leçon
sera au-lieu-de (tiendra lieu de) toute
et de toute exhortation pour eux,
et ils rougiront
et ils seront couverts-de-honte,
ayant un tel exemple
de sagesse chrétienne,
de se montrer moindres.
De-sorte-que tu seras le maître
de tous ceux venant après ces choses,
et tu auras
le prix-de-la-victoire sur eux,
même s'ils s'avancent
jusqu'au faîte même
de la sagesse chrétienne.
Car il n'est pas égal
de donner l'exemple soi-même
le premier
d'une si-grande douceur,
et (ou) regardant vers d'autres
d'imiter [ceux-là.
les choses qui ont menées-à-bien par
Pour ceci,

ὅσην ἂν οἱ μετὰ σὲ φιλανθρωπίαν καὶ ἡμερότητα ἐπιδείξωνται,
σὺ λήψῃ τὸν μισθὸν μετ' ἐκείνων· ὁ γὰρ τὴν ῥίζαν παρασχών,
οὗτος ἂν εἴη¹ καὶ τῶν καρπῶν αἴτιος. Διὰ τοῦτο μετὰ σοῦ μὲν
οὐδεὶς δύναται μερίζεσθαι νῦν τὸν ἐπὶ τῇ φιλανθρωπίᾳ μισθόν·
σὸν γὰρ τὸ κατόρθωμα γέγονε μόνον· σὺ δὲ μετὰ πάντων τῶν
μετὰ ταῦτα, εἴ τινές ποτε τοιοῦτοι φανεῖεν, ἐξίσης δυνήσῃ μετ'
αὐτῶν διανείμασθαι τὸ κατόρθωμα, καὶ τοσαύτην ἀπενέγκασθαι
μοῖραν, ὅσην ἐπὶ τῶν μαθητῶν οἱ διδάσκαλοι· κἂν μηδεὶς γένη-
ται τοιοῦτος, πάλιν σοι τὰ τῶν ἐγκωμίων καὶ τῶν ἐπαίνων
καθ' ἑκάστην ἐπιδίδωσι τὴν γενεάν.

XIV. « Ἐννόησον γὰρ ἡλίκον ἐστὶ τοὺς μετὰ ταῦτα πάντας
ἀκούειν ὅτι, πόλεως οὕτω μεγάλης καὶ ὑπευθύνου κολάσει καὶ
τιμωρίᾳ γενομένης, πεφρικότων ἁπάντων, καὶ δεδοικότων στρα-

yeux. Aussi, de quelque humanité, de quelque clémence que tes
successeurs fassent preuve, tu en recevras la récompense avec eux;
c'est à celui qui a planté la racine qu'il faut attribuer les fruits. Nul
donc ne peut partager aujourd'hui avec toi le prix d'une clémence
dont tu as seul le mérite; mais si dans l'avenir d'autres hommes se
montrent tels que toi, tu pourras partager également la gloire avec
eux tous, et remporter la même part que le maître dans les succès
des disciples : que si nul ne t'imite, eh bien, les louanges et les bénédictions croîtront pour toi à chaque génération.

XIV. « Songe combien il sera beau que la postérité apprenne
qu'au moment où une si grande ville avait mérité le châtiment et
la vengeance, où tous frissonnaient de crainte, où les généraux, les

ὅσην φιλανθρωπίαν	quelque-grande humanité
καὶ ἡμερότητα	et douceur
οἱ μετὰ σὲ ἐπιδείξωνται,	que ceux après toi aient montrée,
σὺ λήψῃ τὸν μισθὸν	toi tu recevras la récompense
μετὰ ἐκείνων·	avec ceux-là;
ὁ γὰρ παρασχὼν τὴν ῥίζαν,	car celui ayant fourni la racine.
οὗτος ἂν εἴη αἴτιος	celui-ci serait (est) cause
καὶ τῶν καρπῶν.	aussi des fruits.
Διὰ τοῦτο οὐδεὶς μὲν	Pour cela nul à la vérité
δύναται νῦν μερίζεσθαι μετὰ σοῦ	ne peut maintenant partager avec toi
τὸν μισθὸν	la récompense
ἐπὶ τῇ φιλανθρωπίᾳ·	au-sujet-de l'humanité;
τὸ γὰρ κατόρθωμα	car la réussite (bonne action)
γέγονε σὸν μόνον·	a été tienne seule (à toi seul);
σὺ δὲ	mais toi [ses,
μετὰ πάντων τῶν μετὰ ταῦτα,	avec tous ceux venant après ces cho-
εἴ τινές ποτε	si quelques-uns un jour
φανεῖεν τοιοῦτοι,	se montraient tels,
δυνήσῃ διανείμασθαι	tu pourras partager
τὸ κατόρθωμα	la réussite (bonne action)
ἐξίσης μετὰ αὐτῶν,	également avec eux,
καὶ ἀπενέγκασθαι	et remporter
μοῖραν τοσαύτην,	une part aussi-grande,
ὅσην οἱ διδάσκαλοι	que les maîtres
ἐπὶ τῶν μαθητῶν·	au-sujet-des disciples;
καὶ ἂν μηδεὶς γένηται τοιοῦτος,	et si personne ne devient tel,
πάλιν	d'un-autre-côté
τὰ τῶν ἐγκωμίων	les revenus des louanges
καὶ τῶν ἐπαίνων·	et des éloges
ἐπιδίδωσί σοι	croissent pour toi
κατὰ ἑκάστην τὴν γενεάν.	par chaque génération.
XIV. « Ἐννόησον γὰρ	XIV. « Car réfléchis
ἡλίκον ἐστὶ	combien-grand (honorable) il est
πάντας τοὺς μετὰ ταῦτα	tous ceux venant après ces choses
ἀκούειν ὅτι,	entendre dire que,
πόλεως οὕτω μεγάλης	une ville si grande
γενομένης ὑπευθύνου καὶ κολάσει	étant devenue sujette et à châtiment
καὶ τιμωρίᾳ,	et à vengeance,
ἁπάντων πεφρικότων,	tous frissonnant de peur,
καὶ στρατηγῶν καὶ ὑπάρχων	et généraux et gouverneurs

·τηγῶν καὶ ὑπάρχων καὶ δικαστῶν, καὶ οὐδὲ φωνὴν ῥῆξαι¹ τολ-
μώντων ὑπὲρ τῶν ἀθλίων ἐκείνων, εἷς παρελθὼν πρεσβύτης,
τοῦ Θεοῦ τὴν ἱερωσύνην ἐγκεχειρισμένος, ἀπὸ τῆς ὄψεως μόνης
αὐτῆς καὶ ψιλῆς τῆς συντυχίας ἐνέτρεψε τὸν κρατοῦντα, καὶ, ὃ
μηδενὶ τῶν ὑπ' αὐτὸν ἐχαρίσατο, ἑνὶ γέροντι τοῦτο ἔδωκε, τοὺς
τοῦ Θεοῦ νόμους αἰδεσθείς. Καὶ γὰρ καὶ τοῦτο αὐτὸ οὐ μικρῶς
σε, ὦ βασιλεῦ, τετίμηκεν ἡ πόλις, ἐμὲ πρὸς τὴν πρεσβείαν ταύτην ἀποστείλασα· ψῆφον γὰρ ἀρίστην ἐξήνεγκαν περὶ σοῦ καὶ
καλλίστην, ὅτι τῆς ἀρχῆς ἁπάσης τῆς ὑπὸ σοῦ κειμένης τοῦ
Θεοῦ τοὺς ἱερέας προτιμᾷς, κἂν εὐτελεῖς ὄντες τύχωσιν. Οὐ
παρ' ἐκείνων δὲ ἥκω νῦν μόνον, ἀλλὰ καὶ πρὸ ἐκείνων παρὰ τοῦ
κοινοῦ τῶν ἀγγέλων ἀπέσταλμαι Δεσπότου, ταῦτα εἰπεῖν πρὸς
τὴν ἡμερωτάτην σου καὶ πραοτάτην ψυχὴν, ὅτι Ἂν ἀφῆτε τοῖς
ἀνθρώποις² τὰ ὀφειλήματα αὐτῶν, καὶ ὁ Πατὴρ ὑμῶν ὁ οὐρά-
νιος ἀφήσει ὑμῖν τὰ παραπτώματα ὑμῶν. Ἀναμνήσθητι τοί-

préfets, les juges épouvantés n'osaient ouvrir la bouche pour ces
malheureux, un seul vieillard s'avança vers toi, revêtu du sacerdoce
de Dieu, fléchit l'âme du maître par sa seule vue, par son seul abord,
et que l'empereur, respectant les lois de Dieu, accorda au vieillard la grâce qu'il avait refusée à tous ses autres sujets. Car la ville
même, ó prince, ne t'a pas fait un médiocre honneur en me choi-
sissant pour cette ambassade; elle a rendu de toi ce témoignage le
plus grand et le plus beau de tous, que tu estimes, malgré leur fai-
blesse, les prêtres de Dieu plus que tout l'empire soumis à tes lois.
Mais je ne viens pas seulement aujourd'hui de la part de mes concitoyens; avant eux le maître commun des anges m'a envoyé vers toi,
pour redire ces paroles à ton âme si douce et si clémente : « Si vous
« pardonnez aux hommes les fautes qu'ils font contre vous, votre
« Père céleste vous pardonnera aussi vos péchés. » Souviens-toi donc

καὶ δικαστῶν δεδοικότων,	et juges craignant,
καὶ οὐδὲ τολμώντων	et n'osant même pas
ῥῆξαι φωνὴν	faire-éclater une (élever la) voix
ὑπὲρ ἐκείνων τῶν ἀθλίων,	pour ces malheureux,
εἷς πρεσβύτης παρελθὼν,	un seul vieillard s'étant avancé
ἐγκεχειρισμένος	ayant-en-main
τὴν ἱερωσύνην τοῦ Θεοῦ,	le sacerdoce de Dieu,
ἀπὸ τῆς ὄψεως μόνης αὐτῆς	par la vue seule elle-même
καὶ τῆς συντυχίας ψιλῆς	et l'abord simple
ἐνέτρεψε τὸν κρατοῦντα,	a ému celui qui avait-la-puissance,
καὶ ἔδωκε ἑνὶ γέροντι	et qu'il a donné à un seul vieillard
τοῦτο, ὃ ἐχαρίσατο μηδενὶ	ce qu'il n'a accordé à aucun
τῶν ὑπ' αὐτὸν,	de ceux sous lui,
αἰδεσθεὶς τοὺς νόμους τοῦ Θεοῦ.	ayant respecté les lois de Dieu.
Καὶ γὰρ ἡ πόλις	Et en effet la ville
οὐ τετίμηκε μικρῶς σε,	n'a pas honoré petitement toi,
ὦ βασιλεῦ,	ô roi,
καὶ τοῦτο αὐτὸ,	aussi en ceci même,
ἀποστείλασα ἐμὲ	ayant envoyé moi
πρὸς ταύτην τὴν πρεσβείαν ·	pour cette ambassade ;
ἐξήνεγκαν γὰρ περὶ σοῦ	car ils ont porté sur toi
ψῆφον ἀρίστην καὶ καλλίστην,	un suffrage excellent et très-beau,
ὅτι προτιμᾷς	que tu honores-plus
ἁπάσης τῆς ἀρχῆς τῆς ὑπὸ σοῦ	que tout l'empire celui sous toi
τοὺς ἱερέας τοῦ Θεοῦ,	les prêtres de Dieu,
καὶ ἂν τύχωσιν ὄντες εὐτελεῖς.	même s'ils se trouvent étant chétifs.
Νῦν δὲ	Et maintenant [de ceux-là,
οὐχ ἥκω μόνον παρὰ ἐκείνων,	je ne viens pas seulement de-la-part-
ἀλλὰ καὶ πρὸ ἐκείνων	mais même avant ceux-là
ἀπέσταλμαι	j'ai été envoyé
παρὰ τοῦ Δεσπότου κοινοῦ	par le maître commun
τῶν ἀγγέλων,	des anges,
εἰπεῖν ταῦτα	pour dire ces choses
πρὸς τὴν ψυχὴν ἡμερωτάτην	à l'âme très-clémente
καὶ πραοτάτην σου,	et très-douce de toi,
ὅτι Ἂν ἀφῆτε τοῖς ἀνθρώποις	que Si vous remettez aux hommes
τὰ ὀφειλήματα αὐτῶν,	les dettes d'eux,
καὶ ὁ Πατὴρ ὁ οὐράνιος ὑμῶν	aussi le Père céleste de vous
ἀφήσει ὑμῖν	remettra à vous
τὰ παραπτώματα ὑμῶν.	les péchés de vous.

νυν τῆς ἡμέρας ἐκείνης, καθ' ἣν ἅπαντες δίκην δώσομεν περὶ τῶν πεπραγμένων· ἐννόησον ὅτι, εἰ καὶ τί σοι ἡμάρτηται, πάντα ἀπονίψασθαι δυνήσῃ τὰ πλημμελήματα διὰ τῆς ψήφου καὶ τῆς γνώμης ταύτης, χωρὶς ἱδρώτων.

XV. « Ἄλλοι μὲν οὖν πρεσβευόμενοι χρυσίον καὶ ἀργύριον καὶ ἕτερα τοιαῦτα δῶρα κομίζουσιν· ἐγὼ δὲ μετὰ τῶν ἱερῶν πρὸς τὴν σὴν βασιλείαν ἀφῖγμαι νόμων, καὶ ἀντὶ δώρων ἁπάντων τούτους προτείνω, καὶ παρακαλῶ σε μιμήσασθαί σου τὸν Δεσπότην, ὅς, καθ' ἡμέραν παρ' ἡμῶν ὑβριζόμενος, οὐ διαλιμπάνει τὰ παρ' ἑαυτοῦ χορηγῶν ἅπασι. Καὶ μὴ καταισχύνῃς ἡμῶν τὰς ἐλπίδας, μηδὲ ἐλέγξῃς τὰς ὑποσχέσεις· καὶ γὰρ καὶ τοῦτό σε μετὰ τῶν ἄλλων εἰδέναι βούλομαι, ὅτι, εἰ μὲν βουληθείης καταλλαγῆναι, καὶ τῆς προτέρας εὐνοίας μεταδοῦναι τῇ

de ce jour où tous nous rendrons compte de nos actions ; songe que, si tu as commis quelques fautes, tu peux les effacer toutes sans effort par le jugement que tu vas rendre.

XV. « Les autres envoyés apportent de l'or, de l'argent et d'autres présents semblables; moi, je suis venu près de ton trône avec les saintes lois que je te présente pour tous dons, et je te conjure d'imiter ton maître, qui, insulté chaque jour par nous, ne se lasse point de répandre ses bienfaits sur nous tous. Ne confonds pas nos espérances, ne démens pas nos promesses. Je veux que tu le saches et que les autres le sachent aussi : si tu daignes te réconcilier avec notre ville, lui rendre ton ancienne bienveillance, déposer

Ἀναμνήσθητι τοίνυν	Souviens-toi donc
ἐκείνης τῆς ἡμέρας,	de ce jour-là,
κατὰ ἣν ἅπαντες	dans lequel tous [compte)
δώσομεν δίκην	nous donnerons justice (rendrons-
περὶ τῶν πεπραγμένων ·	au-sujet des choses faites;
ἐννόησον ὅτι,	songe que,
εἰ καί τι	si aussi quelque chose
ἡμάρτηταί σοι,	a été faite-avec-péché par toi,
δυνήσῃ ἀπονίψασθαι	tu pourras effacer
πάντα τὰ πλημμελήματα	toutes les prévarications
διὰ ταύτης τῆς ψήφου	par ce suffrage (arrêt)
καὶ τῆς γνώμης,	et cette sentence,
χωρὶς ἱδρώτων.	sans sueurs (peines).
XV. « Ἄλλοι μὲν οὖν	XV. « D'autres donc
πρεσβευόμενοι	allant-en-ambassade
κομίζουσι χρυσίον καὶ ἀργύριον	apportent de l'or et de l'argent
καὶ ἕτερα δῶρα τοιαῦτα ·	et d'autres présents tels;
ἐγὼ δὲ ἀφῖγμαι	mais moi je suis arrivé
πρὸς τὴν σὴν βασιλείαν	vers ta royauté
μετὰ τῶν ἱερῶν νόμων,	avec les saintes lois,
καὶ προτείνω τούτους	et je te tends (présente) celles-ci
ἀντὶ ἁπάντων δώρων,	au-lieu-de tous présents,
καὶ παρακαλῶ σε	et j'exhorte toi
μιμήσασθαι τὸν Δεσπότην σου,	à imiter le Maître de toi,
ὅς, ὑβριζόμενος παρὰ ἡμῶν	qui, étant insulté par nous.
κατὰ ἡμέραν,	jour par jour (tous les jours),
οὐ διαλιμπάνει	ne cesse pas
χορηγῶν ἅπασι	fournissant (de fournir) à tous
τὰ παρὰ ἑαυτοῦ.	les faveurs venant de lui-même.
Καὶ μὴ καταισχύνῃς	Et ne confonds pas
τὰς ἐλπίδας ἡμῶν,	les espérances de nous, [messes;
μηδὲ ἐλέγξῃς τὰς ὑποσχέσεις ·	et ne réfute (démens) pas nos pro-
καὶ γὰρ βούλομαί σε	et en effet je veux toi
εἰδέναι καὶ τοῦτο	savoir aussi ceci
μετὰ τῶν ἄλλων,	avec les autres,
ὅτι, εἰ μὲν βουληθείης	que, si tu voulais
καταλλαγῆναι,	te réconcilier,
καὶ μεταδοῦναι τῇ πόλει	et donner-part à la ville
τῆς εὐνοίας προτέρας,	de ta bienveillance précédente,
καὶ ἀφεῖναι	et relâcher

πόλει, καὶ τὴν ὀργὴν ἀφεῖναι τὴν δικαίαν ταύτην, μετὰ πολλῆς
ἀπελεύσομαι τῆς παῤῥησίας · εἰ δὲ ἐκβάλλοις τὴν πόλιν τῆς διανοίας τῆς σῆς, οὐ μόνον οὐκ ἐπιβήσομαι οὐδὲ ὄψομαι αὐτῆς τὸ
ἔδαφος, ἀλλὰ καὶ ἀρνήσομαι αὐτὴν καθάπαξ λοιπὸν, καὶ εἰς
ἑτέραν ἐμαυτὸν ἐγγράψω¹ πόλιν. Μὴ γάρ μοι γένοιτο πατρίδα
ἐπιγράψασθαί ποτε ἐκείνην, πρὸς ἣν ὁ φιλανθρωπότατος σὺ καὶ
πάντων ἀνθρώπων ἡμερώτατος οὐκ ἂν ἕλοιο σπείσασθαι καὶ
καταλλαγῆναι. »

XVI. Ταῦτα καὶ πλείονα τούτων εἰπὼν, οὕτω τὸν βασιλέα
συνέχεεν, ὡς ταὐτὸν γενέσθαι, ὅπερ ἐπὶ τοῦ Ἰωσὴφ² συνέβη γενέσθαι ποτέ. Καθάπερ γὰρ ἐκεῖνος τότε τοὺς ἀδελφοὺς ἰδὼν
ἐβούλετο μὲν δακρύειν, ἔστεγε δὲ τὸ πάθος, ὥστε μὴ διαφθεῖραι
τὴν ὑπόκρισιν · οὕτω δὲ καὶ ὁ βασιλεὺς ἐδάκρυε μὲν κατὰ διάνοιαν, οὐκ ἐδείκνυτο δὲ διὰ τοὺς παρόντας ἅπαντας. Οὐ μὴν
ἴσχυσεν εἰς τέλος κρύψαι τὸ πάθος, ἀλλὰ καὶ ἄκων ἠλέγγετο.

ta juste colère, je m'en retournerai plein de confiance; mais si tu
bannis Antioche de ton cœur, non-seulement je n'y rentrerai point,
je ne reverrai point son sol, mais je la renierai à tout jamais, et me
ferai inscrire dans une autre ville. Loin de moi de regarder comme
ma patrie une cité avec laquelle le meilleur et le plus clément de
tous les hommes n'aurait pas voulu se réconcilier et faire sa paix! »

XVI. Ces discours, et d'autres qu'il ajouta encore, émurent tellement le prince qu'il lui arriva ce qui était autrefois arrivé à Joseph.
Joseph, à la vue de ses frères, était prêt à verser des larmes, mais
il cachait son attendrissement pour ne pas découvrir sa feinte; de
même l'empereur pleurait au fond du cœur, mais il ne le laissait
pas voir à cause de tous ceux qui se trouvaient là. Cependant il ne
put déguiser jusqu'au bout son émotion; il se trahit malgré lui.

ταύτην τὴν ὀργὴν τὴν δικαίαν,	cette colère juste,
ἀπελεύσομαι	je m'en retournerai
μετὰ τῆς παρρησίας πολλῆς·	avec la confiance grande ;
εἰ δὲ ἐκβάλλοις τὴν πόλιν	mais si tu rejetais la ville
τῆς διανοίας τῆς σῆς,	de la pensée tienne,
οὐ μόνον οὐκ ἐπιβήσομαι	non-seulement je n'y entrerai pas
οὐδὲ ὄψομαι τὸ ἔδαφος αὐτῆς,	ni ne verrai le sol d'elle,
ἀλλὰ καὶ ἀρνήσομαι αὐτὴν	mais même je renierai elle
καθάπαξ λοιπὸν,	tout-d'une-fois (absolument) désor-
καὶ ἐγγράψω ἐμαυτὸν	et inscrirai moi-même [mais,
εἰς ἑτέραν πόλιν.	dans une autre ville,
Μὴ γὰρ γένοιτό μοι	Car qu'il n'arrive pas à moi
ἐπιγραψασθαί ποτε	de m'inscrire jamais
ἐκείνην πατρίδα,	celle-là pour patrie,
πρὸς ἣν σὺ ὁ φιλανθρωπότατος	avec laquelle toi le plus humain
καὶ ἡμερώτατος	et le plus doux
πάντων ἀνθρώπων	de tous les hommes
οὐκ ἂν ἕλοιο	tu n'aurais pas choisi de (voulu)
σπείσασθαι καὶ καταλλαγῆναι. »	faire-pacte et te réconcilier. »
XVI. Εἰπὼν ταῦτα	XVI. Ayant dit ces choses
καὶ πλείονα τούτων,	et de plus nombreuses que celles-ci,
συνέχεεν οὕτω	il troubla (émut) ainsi (tellement)
τὸν βασιλέα,	le roi,
ὡς τὸ αὐτὸν γενέσθαι	que la même chose être arrivée,
ὅπερ συνέβη γενέσθαι ποτὲ	qu'il se rencontra d'arriver jadis
ἐπὶ τοῦ Ἰωσήφ.	au-sujet-de Joseph.
Καθάπερ γὰρ ἐκεῖνος τότε	Car comme celui-là alors
ἰδὼν τοὺς ἀδελφοὺς	ayant vu ses frères
ἐβούλετο μὲν δακρύειν,	voulait à la vérité pleurer,
ἔστεγε δὲ	mais couvrait (cachait)
τὸ πάθος,	son attendrissement,
ὥστε μὴ διαφθεῖραι	de-manière-à ne pas détruire
τὴν ὑπόκρισιν·	sa feinte ;
οὕτω δὲ καὶ ὁ βασιλεὺς	ainsi donc aussi le roi
ἐδάκρυε μὲν κατὰ διάνοιαν,	pleurait à la vérité en pensée,
οὐκ ἐδείκνυτο δὲ	mais ne le faisait-pas-voir [présents.
διὰ ἅπαντας τοὺς παρόντας.	à-cause-de tous ceux qui étaient-
Οὐ μὴν ἴσχυσε	Toutefois il n'eut-pas-la-force
κρύψαι τὸ πάθος	de cacher son attendrissement
εἰς τέλος,	jusqu'à la fin.

Μετὰ γὰρ τὴν δημηγορίαν ταύτην οὐκ ἐδεήθη ῥημάτων δευτέ-
ρων, ἀλλ᾽ ἓν μόνον ἐφθέγξατο ῥῆμα, ὃ τοῦ διαδήματος αὐτὸν
πολλῷ μειζόνως ἐκόσμησε. « Τί δὲ τοῦτό ἐστι ; Καὶ τί θαυμαστὸν καὶ μέγα, φησὶν, εἰ τοῖς ὑβρικόσιν ἀφήσομεν τὴν ὀργὴν,
ἀνθρώποις οὖσιν, ἄνθρωποι καὶ αὐτοὶ τυγχάνοντες ; ὅπου γε ὁ
τῆς οἰκουμένης Δεσπότης ἐπὶ γῆς ἐλθὼν, καὶ δι᾽ ἡμᾶς γενόμενος
δοῦλος, καὶ παρὰ τῶν εὐεργετηθέντων σταυρωθεὶς, ὑπὲρ τῶν
σταυρωσάντων αὐτὸν παρεκάλει τὸν Πατέρα, λέγων « Ἄφες
« αὐτοῖς, οὐ γὰρ οἴδασι τί ποιοῦσι[1]· » τί τοίνυν θαυμαστὸν, εἰ
τοῖς ὁμοδούλοις καὶ ἡμεῖς ἀφήσομεν ; »

   Καὶ ὅτι ταῦτα τὰ ῥήματα οὐχ ὑπόκρισις ἦν, ἔδειξε μὲν καὶ
τὰ γεγενημένα ἅπαντα, οὐχ ἔλαττον δὲ τούτων καὶ τοῦτο, ὃ
μέλλω νῦν ἐρεῖν. Αὐτὸν γὰρ τὸν ἱερέα τοῦτον, βουλόμενον ἐκεῖ[2]

Après la harangue qu'il venait d'entendre, il ne fut pas besoin de
longs discours; il dit ces seules paroles, qui reflètent sur lui un
éclat bien plus vif que celui de son diadème : « Eh quoi ! est-il donc
si étonnant et si merveilleux que nous autres hommes nous fassions
taire notre colère contre des hommes qui nous ont offensés? puis-
que le maître de la terre, venu en ce monde, fait esclave pour nous,
mis en croix par ceux qu'il avait comblés de bienfaits, implora son
père pour ses bourreaux et lui dit : « Pardonne-leur, car ils ne sa-
« vent ce qu'ils font. » Est-il donc étonnant que nous pardonnions à
nos compagnons d'esclavage ? »

   Et ces paroles étaient sincères, comme le prouva tout ce qui suivit,
et particulièrement ce que je vais vous dire. Comme le prêtre voulait rester auprès de lui pour célébrer la fête, il le força de hâter

ἀλλὰ καὶ ἄκων	mais même ne-voulant-pas
ἠλέγχετο.	il était convaincu.
Μετὰ γὰρ	Car après
ταύτην τὴν δημηγορίαν	cette harangue
οὐκ ἐδεήθη	il n'eut-pas-besoin
δευτέρων ῥημάτων,	de secondes paroles,
ἀλλὰ ἐφθέγξατο ἓν μόνον ῥῆμα,	mais prononça une seule parole,
ὃ ἐκόσμησεν αὐτὸν	qui orna lui [diadème.
πολλῷ μειζόνως τοῦ διαδήματος.	beaucoup plus grandement que le
« Τί δέ ἐστι τοῦτο;	« Quoi donc est ceci?
Καὶ τί θαυμαστὸν	Et qu'y-a-t-il d'admirable
καὶ μέγα, φησὶν,	et de grand, dit-il,
εἰ ἀφήσομεν τὴν ὀργὴν	si nous remettrons notre colère
τοῖς ὑβρικόσιν,	à ceux qui nous ont outragés.
οὖσιν ἀνθρώποις,	et qui sont hommes,
τυγχάνοντες ἄνθρωποι	nous trouvant hommes
καὶ αὐτοί;	aussi nous-mêmes?
ὅπου γε ὁ Δεσπότης	là où (puisque) du moins le Maître
τῆς οἰκουμένης	de la terre habitée
ἐλθὼν ἐπὶ γῆς,	étant venu sur la terre,
καὶ γενόμενος δοῦλος διὰ ἡμᾶς,	et s'étant fait esclave pour nous,
καὶ σταυρωθεὶς	et ayant été crucifié. [faits,
παρὰ τῶν εὐεργετηθέντων.	par ceux qui avaient reçu-ses-bien-
παρεκάλει τὸν Πατέρα	invoquait son Père
ὑπὲρ τῶν σταυρωσάντων αὐτόν,	pour ceux qui crucifièrent lui,
λέγων « Ἄφες αὐτοῖς,	disant « Remets (pardonne) à eux,
« οὐ γὰρ οἴδασι τί ποιοῦσι »	« car ils ne savent pas quoi ils font; »
τί τοίνυν θαυμαστόν,	qu'y a-t-il donc d'admirable,
εἰ καὶ ἡμεῖς	si aussi nous
ἀφήσομεν	nous remettrons (pardonnerons)
τοῖς ὁμοδούλοις ; »	à nos compagnons-d'esclavage? »
Καὶ ἅπαντα μὲν	Et toutes les choses
τὰ γεγενημένα,	qui eurent-lieu,
οὐκ ἔλαττον δὲ τούτων	et non moins que celles-ci
καὶ τοῦτο,	aussi ceci,
ὃ μέλλω νῦν ἐρεῖν,	que je vais maintenant dire,
ἔδειξεν ὅτι ταῦτα τὰ ῥήματα	montrèrent que ces paroles
οὐκ ἦν ὑπόκρισις.	n'étaient pas une feinte.
Κατηνάγκασε γὰρ	Car il força
τοῦτον τὸν ἱερέα αὐτόν,	ce prêtre lui-même,

4

κοινῇ μετ' αὐτοῦ τὴν ἑορτὴν ἐπιτελέσαι ταύτην, ἄκοντα κατ-
ηνάγκασε κατεπειχθῆναι καὶ σπεῦσαι, καὶ τοῖς πολίταις φανῆναι. « Οἶδα, φησὶν, ὅτι νῦν αὐτῶν εἰσιν αἱ ψυχαὶ δεδονημέναι,
καὶ πολλὰ τῆς συμφορᾶς τὰ λείψανα· ἄπελθε, παρακάλεσον. Ἂν
ἴδωσι τὸν κυβερνήτην, οὐδὲ τοῦ παρελθόντος μεμνήσονται χειμῶνος, ἀλλὰ καὶ τὴν μνήμην αὐτὴν ἐξαλείψουσι τῶν λυπηρῶν
ἅπασαν. » Ὡς δὲ ἐπέκειτο ὁ ἱερεὺς, ἀξιῶν τὸν υἱὸν πέμψαι τὸν
ἑαυτοῦ, βουλόμενος ἐκεῖνος δεῖξαι σαφῶς ὡς πᾶσαν καθόλου τῆς
διανοίας ἐξήλειψε τὴν ὀργήν· « Εὔξασθε, φησὶ, ταῦτα ἀναιρ-
εθῆναι τὰ κωλύματα, σβεσθῆναι τοὺς πολέμους τούτους[1], καὶ
αὐτὸς ἀφίξομαι πάντως. » Τί τῆς ψυχῆς ἐκείνης ἡμερώτερον
γένοιτ' ἄν; Αἰσχυνέσθωσαν Ἕλληνες λοιπόν· μᾶλλον δὲ μὴ
αἰσχυνέσθωσαν, ἀλλὰ παιδευέσθωσαν, καὶ τὴν οἰκείαν ἀφέντες
πλάνην, ἐπανίτωσαν ἐπὶ τὴν τοῦ Χριστιανισμοῦ δύναμιν, ἀπὸ

son départ et de se montrer à ses concitoyens. « Je sais, lui dit-il,
que leurs âmes sont tourmentées, que le malheur a laissé chez eux
plus d'une trace; va, console-les. S'ils voient leur pilote, ils ne se
rappelleront même plus la tempête passée, ils effaceront de leur souvenir toutes leurs douleurs. » Et comme le prêtre insistait et le priait
d'envoyer son fils, voulant montrer clairement qu'il avait banni tout
ressentiment de son cœur, il ajouta : « Priez pour que ces obstacles
disparaissent, pour que ces guerres s'éteignent, et je viendrai moi-
même. » Peut-on rien imaginer de plus doux qu'une telle âme?
Que les Gentils soient donc confondus, ou plutôt qu'ils ne soient pas
confondus, mais instruits; que, renonçant à leurs erreurs, ils vien-

βουλόμενον ἐπιτελέσαι ἐκεῖ	qui voulait accomplir là-bas
κοινῇ μετὰ αὐτοῦ	en commun avec lui
ταύτην τὴν ἑορτὴν,	cette fête-ci,
ἄκοντα	*il força lui* ne-voulant-pas
κατεπειχθῆναι καὶ σπεῦσαι,	à se presser et à se hâter,
καὶ φανῆναι τοῖς πολίταις.	et à se montrer à ses concitoyens.
« Οἶδα, φησὶν,	« Je sais, dit-il,
ὅτι αἱ ψυχαὶ αὐτῶν	que les âmes d'eux
εἰσὶ νῦν δεδονημέναι,	sont maintenant troublées,
καὶ τὰ λείψανα τῆς συμφορᾶς	et *que* les restes (traces) du malheur
πολλά·	*sont* nombreux (nombreuses)·
ἄπελθε, παρακάλεσον.	va-t-en, console-*les*.
Ἂν ἴδωσι τὸν κυβερνήτην,	S'ils voient leur pilote,
οὐδὲ μεμνήσονται	ils ne se souviendront même pas
τοῦ χειμῶνος παρελθόντος,	de la tempête passée,
ἀλλὰ ἐξαλείψουσι	mais ils effaceront
ἅπασαν τὴν μνήμην αὐτὴν	tout le souvenir lui-même
τῶν λυπηρῶν. »	des choses affligeantes. »
Ὡς δὲ ὁ ἱερεὺς ἐπέκειτο,	Et comme le prêtre insistait,
ἀξιῶν πέμψαι	demandant *l'empereur* envoyer
τὸν υἱὸν ἑαυτοῦ,	le fils de lui-même,
ἐκεῖνος βουλόμενος δεῖξαι σαφῶς	celui-là voulant montrer clairement
ὡς ἐξήλειψε τῆς διανοίας	qu'il a effacé de sa pensée
καθόλου πᾶσαν τὴν ὀργήν·	absolument toute la colère :
« Εὔξασθε, φησὶ,	« Priez, dit-il,
ταῦτα τὰ κωλύματα ἀναιρεθῆναι,	ces obstacles être enlevés,
τούτους τοὺς πολέμους	ces guerres
σβεσθῆναι,	être éteintes,
καὶ αὐτὸς ἀφίξομαι πάντως. »	et moi-même j'irai de-toute-façon.»
Τί γένοιτο ἂν ἡμερώτερον	Quoi pourrait être plus doux
ἐκείνης τῆς ψυχῆς;	que cette âme-là ?
Ἕλληνες	Que les Gentils
αἰσχυνέσθωσαν λοιπόν·	soient confondus désormais :
μᾶλλον δὲ	et plutôt
μὴ αἰσχυνέσθωσαν,	qu'ils ne soient pas confondus,
ἀλλὰ παιδευέσθωσαν,	mais qu'ils soient instruits,
καὶ ἀφέντες	et qu'ayant mis-de-côté
τὴν οἰκείαν πλάνην	leur propre égarement
ἐπανίτωσαν ἐπὶ τὴν δύναμιν	ils reviennent vers la puissance
τοῦ Χριστιανισμοῦ,	du christianisme,

τοῦ βασιλέως, ἀπὸ τοῦ ἱερέως μαθόντες τὴν παρ' ἡμῖν φιλοσοφίαν.

Οὐδὲ γὰρ μέχρι τούτων ἔστη τότε ὁ θεοφιλέστατος βασιλεὺς,
ἀλλ' ἐπειδὴ καὶ τῆς πόλεως ἐξήλασεν ὁ ἱερεὺς, καὶ διέβη τὴν
θάλασσαν, ἔπεμψε καὶ ἐκεῖ τινας, περιεργαζόμενος καὶ πολυ-
πραγμονῶν, μή ποτε τρίβῃ τὸν χρόνον, καὶ τῇ πόλει τὴν ἡδονὴν
ἐξ ἡμισείας ποιῇ, ἔξω τὴν ἑορτὴν ἐπιτελῶν. Ποῖος πατὴρ ἥμε-
ρος τοσαύτην ἂν ὑπὲρ τῶν ὑβρικότων ἐποιήσατο σπουδήν; Εἴπω
τι καὶ ἕτερον τοῦ δικαίου[1] ἐγκώμιον. Ταῦτα γὰρ ἀνύσας, οὐκ
ἔσπευσεν, ὡς ἂν εἴ τις ἕτερος δόξης ἐρῶν, αὐτὸς τὰ γράμματα
τὰ λύοντα τὴν κατήφειαν ἡμῖν[2] ἐκείνην κομίσαι· ἀλλ' ἐπειδὴ
σχολαιότερον ἐβάδιζεν, ἕτερόν τινα τῶν ἵππους ἐλαύνειν εἰδότων
ἠξίωσε προλαβεῖν, καὶ κομίσαι τῇ πόλει τὰ εὐαγγέλια, ὥστε μὴ
τῇ μελλήσει τῆς ἐπανόδου τῆς ἑαυτοῦ τὴν ἀθυμίαν ἐπιταθῆναι.
Τὸ γὰρ σπουδαζόμενον αὐτῷ μόνον ἦν, οὐχ ὅπως αὐτὸς ἔλθοι

nent à cette puissance du christianisme, et que le prince et le prêtre
leur apprennent la sagesse de notre loi.

Le pieux empereur ne s'en tint pas là ; mais quand le prêtre eut
quitté la ville et traversé la mer, dans sa vive sollicitude il lui envoya
encore des courriers, afin qu'il ne perdît point de temps, et qu'en
célébrant la Pâque au dehors il ne privât pas la ville d'une partie de
sa joie. Quel tendre père eût pris tant de soin pour les enfants qui
l'auraient outragé? Mais je dois rapporter un nouveau trait à la
louange du juste. Après ce qu'il avait accompli, il ne se pressa pas,
comme un homme jaloux de gloire, d'apporter lui-même les lettres
qui devaient dissiper notre affliction; comme il marchait trop lente-
ment, il voulut qu'un homme habile à conduire des chevaux prît les
devants et annonçât à la cité l'heureuse nouvelle, afin que les délais
de son retour ne prolongeassent pas notre abattement. Il n'avait
qu'une chose à cœur, et ce n'était pas qu'il apportât lui-même cette

μαθόντες ἀπὸ τοῦ βασιλέως,	ayant appris d'après le roi,
ἀπὸ τοῦ ἱερέως,	d'après le prêtre,
τὴν φιλοσοφίαν παρὰ ἡμῖν.	la sagesse *qui est* chez nous.
Ὁ γὰρ βασιλεὺς θεοφιλέστατος	Car le roi très-ami-de-Dieu
οὐδὲ ἔστη μέχρι τούτων τότε,	ne s'arrêta pas même jusqu'à cela
ἀλλὰ ἐπειδὴ ὁ ἱερεὺς	mais après que le prêtre [alors,
καὶ ἐξήλασε	et eut poussé-hors (fût sorti)
τῆς πόλεως,	de la ville,
καὶ διέβη τὴν θάλασσαν,	et eut traversé la mer,
ἔπεμψε καὶ ἐκεῖ τινας,	il envoya aussi là quelques *courriers*,
περιεργαζόμενος	s'inquiétant-beaucoup
καὶ πολυπραγμονῶν,	et prenant- grand-souci,
μή ποτε	de peur que par hasard
τρίβῃ τὸν χρόνον,	il n'usât (ne perdît) le temps,
καὶ ποιῇ τὴν ἡδονὴν τῇ πόλει	et ne fît la joie à la ville
ἐξ ἡμισείας,	de moitié *seulement* (qu'à demi),
ἐπιτελῶν τὴν ἑορτὴν ἔξω.	accomplissant la fête au dehors.
Ποῖος πατὴρ ἥμερος	Quel père doux [empressement
ἂν ἐποιήσατο τοσαύτην σπουδὴν	se serait fait (aurait mis) un si-grand
ὑπὲρ τῶν ὑβρικότων;	pour ceux *l'ayant*- outragé?
Εἴπω καὶ	Que je dise aussi
τι ἕτερον ἐγκώμιον τοῦ δικαίου.	une autre louange du juste.
Ἀνύσας γὰρ ταῦτα,	Car ayant achevé ces choses,
οὐκ ἔσπευσεν,	il ne s'empressa pas, [autre,
ὡς ἂν τις ἕτερος	comme *se serait empressé* quelque
εἰ ἐρῶν δόξης,	s'*il eût été* désirant la gloire,
κομίσαι αὐτὸς τὰ γράμματα	d'apporter lui-même les écrits
τὰ λύοντα ἡμῖν	ceux dissipant à nous
ἐκείνην τὴν κατήφειαν·	cette tristesse-là;
ἀλλὰ ἐπειδὴ ἐβάδιζε	mais comme il marchait
σχολαιότερον,	plus à-loisir,
ἠξίωσέ τινα ἕτερον	il voulut quelque autre
τῶν εἰδότων ἐλαύνειν ἵππους	de ceux sachant pousser des chevaux
προλαβεῖν,	prendre-les-devants,
καὶ κομίσαι τῇ πόλει	et apporter à la ville
τὰ εὐαγγέλια,	la bonne-nouvelle,
ὥστε τὴν ἀθυμίαν	de-sorte-que le découragement
μὴ ἐπιταθῆναι τῇ μελλήσει	n'être pas prolongé par le retard
τῆς ἐπανόδου τῆς ἑαυτοῦ.	du retour de lui-même. [à lui
Τὸ γὰρ σπουδαζόμενον αὐτῷ	Car la chose tenue-à-empressement

φέρων τὰ χρηστὰ ταῦτα καὶ πολλῆς ἡδονῆς γέμοντα, ἀλλ' ὅπως
ταχέως ἡ πατρὶς ἡμῖν ἀναπνεύσειεν.

XVII. Ὅπερ οὖν τότε ἐποιήσατε στεφανώσαντες τὴν ἀγορὰν[1], καὶ λύχνους ἄψαντες, καὶ στιβάδας πρὸ τῶν ἐργαστηρίων
συνθέντες, καὶ ὥσπερ ἄρτι τῆς πόλεως τεχθείσης, οὕτω πανηγυρίσαντες, τοῦτο ἑτέρως διὰ παντὸς ποιεῖτε τοῦ χρόνου, μὴ τοῖς
ἄνθεσιν, ἀλλ' ἀρετῇ στεφανούμενοι, τὸ φῶς τὸ ἀπὸ τῶν ἔργων
ἅπτοντες κατὰ τὴν ψυχὴν τὴν ὑμετέραν, εὐφροσύνην εὐφραινόμενοι πνευματικὴν, καὶ τῷ Θεῷ διηνεκῶς ὑπὲρ τούτων ἁπάντων
εὐχαριστοῦντες μὴ διαλείπωμεν, μηδ' ὅτι μόνον ἔλυσε τὰ δεινὰ,
ἀλλ' ὅτι καὶ συνεχώρησεν αὐτὰ γενέσθαι, καὶ πολλὴν αὐτῷ χάριν ὁμολογῶμεν· δι' ἀμφοτέρων γὰρ ἡμῖν τὴν πόλιν ἐκόσμησε.
Ταῦτα δὲ πάντα, κατὰ τὸ προφητικὸν λόγιον[2], ἀναγγείλατε τοῖς

bonne nouvelle si féconde en joie, mais que notre cité respirât au
plus tôt.

XVII. Alors vous avez orné la place publique de guirlandes, allumé
des flambeaux, dressé devant les maisons des lits de feuillage, célébré
une fête comme si Antioche venait d'être nouvellement fondée;
soyez toujours en fête à l'avenir, mais d'une autre manière, vous
couronnant de vertu au lieu de fleurs, allumant dans vos âmes le
flambeau des bonnes œuvres, vous réjouissant d'une joie spirituelle.
Ne cessons jamais de rendre grâce à Dieu de toutes ces choses; re-
mercions-le avec une profonde reconnaissance, non-seulement de ce
qu'il a dissipé le danger, mais de ce qu'il a permis que le danger se
formât; car il s'est servi de ces deux moyens pour illustrer notre
ville. Entretenez, comme dit le prophète, entretenez vos enfants de

ἦν μόνον,
était seulement,

οὐχ ὅπως αὐτὸς ἔλθοι
non pas que lui-même vînt

φέρων ταῦτα τὰ χρηστὰ
apportant cette *nouvelle* bonne

καὶ γέμοντα πολλῆς ἡδονῆς,
et remplie d'une grande joie,

ἀλλὰ ὅπως ἡ πατρὶς ἡμῖν
mais que la patrie à nous

ἀναπνεύσειε ταχέως.
respirât promptement.

XVII. Ὅπερ οὖν ἐποιήσατε
XVII. Ce que donc vous avez fait

τότε,
alors,

στεφανώσαντες
ayant couronné (orné de guirlandes)

τὴν ἀγορὰν,
la place-publique,

καὶ ἅψαντες λύχνους,
et ayant allumé des flambeaux,

καὶ συνθέντες στιβάδας
et ayant amassé des lits-de-feuillage

πρὸ τῶν ἐργαστηρίων,
devant les ateliers,

καὶ πανηγυρίσαντες οὕτως,
et ayant été–en–fête ainsi,

ὥσπερ τῆς πόλεως
comme la ville

τεχθείσης ἄρτι,
ayant été enfantée précisément,

ποιεῖτε τοῦτο ἑτέρως
faites cela autrement

διὰ παντὸς τοῦ χρόνου,
pendant tout le temps,

στεφανούμενοι μὴ τοῖς ἄνθεσιν,
étant couronnés non par les fleurs

ἀλλὰ ἀρετῇ,
mais par la vertu,

ἅπτοντες τὸ φῶς
allumant la lumière

τὸ ἀπὸ τῶν ἔργων
celle *résultant* des œuvres

κατὰ τὴν ψυχὴν τὴν ὑμετέραν,
dans l'âme vôtre,

εὐφραινόμενοι
vous réjouissant

εὐφροσύνην πνευματικὴν,
d'une joie spirituelle,

καὶ μὴ διαλείπωμεν
et ne cessons pas

εὐχαριστοῦντες τῷ Θεῷ
rendant (de rendre)-grâce à Dieu

διηνεκῶς
perpétuellement

ὑπὲρ ἁπάντων τούτων,
pour toutes ces choses,

μηδὲ μόνον ὅτι
et non-seulement parce que

ἔλυσε τὰ δεινὰ,
il a dissipé les maux,

ἀλλὰ καὶ ὅτι συνεχώρησεν
mais même parce qu'il a permis

αὐτὰ γενέσθαι,
eux avoir eu-lieu,

καὶ ὁμολογῶμεν
et avouons

πολλὴν χάριν αὐτῷ·
une grande reconnaissance à lui;

ἐκόσμησε γὰρ ἡμῖν τὴν πόλιν
car il a orné à nous la ville

διὰ ἀμφοτέρων.
par les deux choses.

Ἀναγγείλατε δὲ πάντα ταῦτα,
Et redites toutes ces choses,

κατὰ τὸ λόγιον προφητικὸν,
selon la parole du-prophète,

τοῖς τέκνοις ὑμῶν,
aux enfants de vous,

τέκνοις ὑμῶν, καὶ τὰ τέκνα ὑμῶν τοῖς τέκνοις αὐτῶν, κἀκεῖνοι
πάλιν εἰς γενεὰν ἑτέραν, ἵνα ἅπαντες οἱ μέχρι τῆς συντελείας
γινόμενοι, τὴν τοῦ Θεοῦ φιλανθρωπίαν τὴν ἐπὶ τῇ πόλει γεγενημένην μαθόντες, μακαρίζωσι μὲν ἡμᾶς τοὺς τοσαύτης ἀπο-
λαύσαντας εὐνοίας, θαυμάζωσι δὲ ἡμῶν τὸν δεσπότην, τὸν οὕτω
καταπίπτουσαν τὴν πόλιν ἀναστήσαντα, κερδάνωσι δὲ καὶ αὐτοὶ
διὰ πάντων τῶν γεγενημένων πρὸς εὐλάβειαν συνωθούμενοι. Οὐ
γὰρ δὴ μόνον ἡμᾶς, εἰ μνημονεύοιμεν αὐτῶν διηνεκῶς, ἀλλὰ καὶ
τοὺς μεθ᾽ ἡμᾶς γινομένους, τὰ μέγιστα τῶν συμβάντων ἡμῖν ἡ
ἱστορία ὠφελῆσαι δυνήσεται. Ἅπερ οὖν ἅπαντα λογιζόμενοι, μὴ
μόνον ἐν τῇ λύσει τῶν δεινῶν, ἀλλὰ καὶ ἐν τῇ συγχωρήσει τῶν
δεινῶν εὐχαριστῶμεν ἀεὶ τῷ φιλανθρώπῳ Θεῷ, ἀπό τε τῶν
θείων Γραφῶν, ἀπό τε τῶν ἡμῖν συμβάντων αὐτὸ δὴ τοῦτο μαθόντες, ὡς ἅπαντα ἀεὶ πρὸς τὸ δέον ἡμῖν οἰκονομεῖ μετὰ τῆς

toute cette histoire; que vos enfants le disent à ceux qui naîtront
d'eux, et ceux-là aux races suivantes, afin que tous ceux qui viendront
jusqu'à la consommation des siècles, apprenant les témoignages de
bonté que Dieu a donnés à cette ville, nous estiment heureux d'avoir
ressenti les effets d'une pareille faveur, admirent le maître qui vient
de relever une ville tombée à ce degré d'abaissement, et trouvent
eux-mêmes dans tout ce qui est arrivé des exhortations à la sagesse.
Ainsi la connaissance de nos malheurs pourra être utile non-seulement
à nous, si nous les gardons présents à notre mémoire, mais à ceux qui
naîtront après nous. Pénétrés de toutes ces réflexions, rendons au
Dieu de bonté de continuelles actions de grâce et pour notre déli-
vrance et même pour les maux qu'il a permis, instruits par les saintes
Écritures et par notre propre expérience qu'il ordonne toujours

καὶ τὰ τέκνα ὑμῶν	et *que* les enfants de vous
τοῖς τέκνοις αὐτῶν,	*les redisent* aux enfants d'eux,
καὶ ἐκεῖνοι πάλιν	et ceux-là de nouveau
εἰς ἑτέραν γενεάν,	à une autre génération,
ἵνα ἅπαντες οἱ γινόμενοι	afin que tous ceux naissant
μέχρι τῆς συντελείας,	jusqu'à la consommation *des siècles*,
μαθόντες	ayant appris
τὴν φιλανθρωπίαν τοῦ Θεοῦ	l'humanité de Dieu
τὴν γεγενημένην ἐπὶ τῇ πόλει,	celle qui a eu-lieu au-sujet-de la ville,
μακαρίζωσι μὲν ἡμᾶς	estiment-heureux nous
ἀπολαύσαντας	qui avons joui
τοσαύτης εὐνοίας,	d'une si-grande bienveillance,
θαυμάζωσι δὲ	et admirent
τὸν δεσπότην ἡμῶν,	le maître de nous,
τὸν ἀναστήσαντα τὴν πόλιν	celui qui a relevé la ville
καταπίπτουσαν οὕτω,	tombant ainsi,
κερδάνωσι δὲ καὶ αὐτοὶ	et gagnent aussi eux-mêmes
συνωθούμενοι πρὸς εὐλάβειαν	étant (d'être) poussés à la sagesse
διὰ πάντων τῶν γεγενημένων.	par toutes les choses qui ont eu-lieu.
Ἡ γὰρ δὴ ἱστορία	Car donc la connaissance
τῶν συμβάντων ἡμῖν	des choses qui sont arrivées à nous
δυνήσεται ὠφελῆσαι τὰ μέγιστα	pourra être-utile le plus grandement
οὐ μόνον ἡμᾶς,	non-seulement à nous,
εἰ μνημονεύοιμεν αὐτῶν	si nous nous rappelions elles
διηνεκῶς,	perpétuellement,
ἀλλὰ καὶ	mais encore
τοὺς γινομένους μετὰ ἡμᾶς.	à ceux naissant après nous.
Ἅπερ οὖν	Lesquelles choses donc
λογιζόμενοι ἅπαντα,	calculant toutes,
μὴ μόνον	non-seulement
ἐν τῇ λύσει τῶν δεινῶν,	dans la dissipation des maux,
ἀλλὰ καὶ	mais aussi
ἐν τῇ συγχωρήσει τῶν δεινῶν,	dans la permission des maux,
εὐχαριστῶμεν ἀεὶ	rendons-grâce toujours
τῷ Θεῷ φιλανθρώπῳ,	au Dieu ami-des-hommes,
μαθόντες δὴ τοῦτο αὐτὸ	ayant appris donc ceci même
ἀπό τε τῶν θείων Γραφῶν,	et d'après les divines Écritures,
ἀπό τε τῶν συμβάντων ἡμῖν,	et d'après les choses arrivées à nous,
ὡς οἰκονομεῖ ἀεὶ	qu'il administre toujours
ἅπαντα	toutes choses

4.

αὐτῷ πρεπούσης φιλανθρωπίας· ἧς γένοιτο διηνεκῶς ἡμᾶς ἀπο-
λαύοντας καὶ τῆς βασιλείας τῶν οὐρανῶν ἐπιτυχεῖν ἐν Χριστῷ
Ἰησοῦ τῷ Κυρίῳ ἡμῶν, ᾧ ἡ δόξα καὶ τὸ κράτος εἰς τοὺς αἰῶνας
τῶν αἰώνων. Ἀμήν.

toutes choses en vue de notre bien avec cette bonté qui lui est propre; et puissions-nous, après en avoir toujours éprouvé les marques, obtenir aussi le royaume céleste en Jésus-Christ Notre Seigneur,
à qui appartient la gloire et la puissance dans les siècles des siècles.
Ainsi soit-il.

πρὸς τὸ δέον ἡμῖν,	pour ce qui est-nécessaire à nous,
μετὰ τῆς φιλανθρωπίας	avec l'humanité
πρεπούσης αὐτῷ·	qui convient à lui ;
ἧς γένοιτο	de laquelle puisse-t-il arriver
ἡμᾶς ἀπολαύοντας διηνεκῶς	nous jouissant perpétuellement
ἐπιτυχεῖν καὶ	obtenir aussi
τῆς βασιλείας τῶν οὐρανῶν	le royaume des cieux
ἐν Ἰησοῦ Χριστῷ	en Jésus-Christ
τῷ Κυρίῳ ἡμῶν,	le Seigneur de nous,
ᾧ ἡ δόξα καὶ τὸ κράτος	à qui *sont* la gloire et la puissance
εἰς τοὺς αἰῶνας τῶν αἰώνων.	dans les siècles des siècles.
Ἀμήν.	Ainsi-soit-il.

NOTES

DE L'HOMÉLIE DE SAINT JEAN CHRYSOSTOME

SUR LE RETOUR DE L'ÉVÊQUE FLAVIEN.

———

Page 6 : 1. Ἑορτήν. La fête de Pâques.

Page 8 : 1. Ἐν οὕτως ὀλίγαις ἡμέραις, dans un si petit nombre de jours. Le voyage de l'évêque Flavien, pour aller d'Antioche à Constantinople et revenir de Constantinople dans son diocèse d'Antioche avait duré un peu plus d'un mois.

Page 10 : 1. Τοὺς τὸ δεσμωτήριον οἰκοῦντας. Les principaux citoyens avaient été jetés en prison.

Page 12 : 1. Οὗ κατεφύγομεν. Avec les verbes qui indiquent un mouvement, on se sert ordinairement de οἷ, et non pas de οὗ.

Page 16 : 1. Καθάπερ τὸν κυβερνήτην, etc. Saint Basile : Τὸν μὲν στρατιώτην ὁ πόλεμος δείκνυσιν, ἡ δὲ τρικυμία τὸν κυβερνήτην. Sénèque, *De la Providence*, chap. IV : *Gubernatorem in tempestate, in acie militem intelligas.*

Page 18 : 1. Σφριγῶν, plein de séve, de vigueur. Cette expression, qui est poétique, est familière à saint Jean Chrysostome.

Page 20 : 1. Τῶν ἔνδον ἑστώτων. Ceux qui assistaient à l'entrevue de Théodose et de Flavien.

Page 26 : 1. Συγγνώμη. pardon, c'est-à-dire moyen de mériter le pardon. Pline, *Lettres*, IX, XXI : *Libertus tuus, cui succensere te dixeras, venit ad me.... Flevit multùm multùmque rogavit, multùm etiam tacuit ; in summâ fecit mihi fidem pœnitentiæ.*

— 2. Ἀθυμίαν est opposé à θυμόν, et n'a pas ici son sens ordinaire, qui est découragement, lâcheté.

— 3. Ἄφες με.... τοῦτον. *Exode*, chap. XXXII, v. 10 : « Laisse-moi faire afin que je les extermine. »

Page 28 : 1. Τί ποτε τοῦτό ἐστιν, qu'est-ce donc que cela, que signifie ceci ? Ποτέ s'emploie très-souvent, comme le mot français *donc*, pour exprimer la surprise ou l'indignation.

— 2. Τῶν τυράννων. ces tyrans, c'est-à-dire ces sujets rebelles. On sait que τύραννος se dit proprement de celui qui usurpe l'autorité; or les factieux d'Antioche avaient, en quelque sorte, usurpé l'autorité de l'empereur, puisqu'ils l'avaient méconnue.

— 3. Ἐφ' ἑκάστῳ, à chacun de ces bienfaits qu'il rappelait. Antioche était peut-être, de tout l'empire, la ville que Théodose avait le plus favorisée; il avait consacré des sommes énormes à son embellissement.

— 4. Τοὺς ἀπελθόντας. Ce pluriel masculin est employé d'une manière tout à fait générale; mais l'empereur a en vue Flaccilla ou Placilla Augusta, sa première femme, morte en 385, et Pulchérie, sa fille. Saint Grégoire de Nysse avait prononcé l'oraison funèbre de ces deux princesses.

Page 30 : 1. Τῆς ἐνεγκούσης (sous-ent. πόλεως), la ville qui m'a donné le jour. Théodose naquit, dit Zosime, en Espagne, à Cauca, ville de la Galice.

Page 32 : 1. Τὸν σφοδρὸν.... ἐραστήν. Libanius, sophiste célèbre, qui fut le maître de saint Basile et de saint Jean Chrysostome, commença ainsi le discours qu'il adressa à l'empereur Théodose dans les mêmes circonstances que Flavien : Ἠτύχηκε μὲν ἡμῖν ἡ πόλις, ὦ βασιλεῦ, τοιούτων ἐν αὐτῇ πρὸς τὸν ἐραστὴν τὸν ἑαυτῆς γεγενημένων.

Page 38 : 1. Καιρίαν πληγήν, coup mortel. On appelle καίρια μέρη ces parties du corps où toute blessure est mortelle, les organes essentiels à la vie.

— 2. Τὰ ἐναντία ἥπερ. Les adjectifs qui marquent ressemblance ou opposition peuvent se construire avec ἤ, parce que ce sont au fond de véritables comparatifs.

Page 40 : 1. Φιλοσοφώτατε. Φιλόσοφος se dit. chez les Pères de l'Église, de l'homme qui a une conduite et des sentiments chrétiens, et φιλοσοφία, que nous trouverons quelques lignes plus loin, désigne cette sagesse chrétienne, ces sentiments conformes à la loi divine.

Page 46 : 1. Ἀνέκραξε. Les Grecs, pour exprimer la répétition fréquente ou habituelle d'un même fait, emploient l'aoriste au lieu du présent. Les latins donnent quelquefois à leur parfait la même valeur.

Page 48 : 1. Πρὶν ἢ τὴν ψῆφον ἐξενεχθῆναι. Ψῆφος se dit ordinairement du suffrage que chaque juge dépose dans l'urne; mais ici il n'y a qu'un seul juge, l'empereur.

Page 50 : 1. Νῦν δὸς.... φιλανθρωπίας, permets-lui de s'appeler à l'avenir d'un nom qui rappelle ta bonté. Antioche avait été bâtie par Séleucus et par Antiochus, et avait gardé le nom de ce dernier prince.

Flavien voudrait qu'en mémoire de la clémence de Théodose elle prît le nom de Théodosie.

Page 62 : 1. Τῶν κατορθουμένων. Dieu récompensera Théodose, non-seulement de la clémence qu'il va montrer en ce jour, mais des actes de bonté que son souvenir et son exemple inspireront dans l'avenir.

— 2. Εἰ βουλεύσωνται. Les écrivains attiques, sauf un ou deux exemples contestés, mettaient toujours l'indicatif après εἰ, et le subjonctif après ἄν ou ἐάν. Mais, du temps des Pères de l'Église, il était admis que εἰ pouvait régir le subjonctif, et ἄν et ἐάν, l'indicatif.

— 3. Οὐ γάρ ἐστιν, etc. M. Boissonade fait remarquer avec raison que l'orateur oublie l'exemple qu'il a cité quelques pages plus haut (chap. IX), lorsqu'il engageait Théodose à prendre Constantin pour modèle : c'est donc, selon la sentence de Flavien lui-même, Constantin qui aura la plus belle part de gloire dans l'acte de clémence que Théodose va accomplir. Mais il faut se rappeler que ce discours est une improvisation.

Page 64 : 1. Ἂν εἴη est ordinairement une formule qui marque le doute ; et pourtant dans certains cas elle équivaut, comme ici, à l'affirmation la plus absolue, surtout lorsque l'écrivain avance une chose tellement reconnue, tellement évidente, qu'il serait superflu d'y insister.

Page 66 : 1. Φωνὴν ῥῆξαι, laisser éclater sa voix. La langue latine a une expression qui traduit littéralement celle du grec : *rumpere vocem*.

— 2. Ἂν ἀφῆτε τοῖς ἀνθρώποις, etc. Ces paroles sont tirées de l'Évangile selon saint Matthieu, chap. VI, v. 14.

Page 70 : 1. Ἐμαυτὸν ἐγγράψω, je m'inscrirai, c'est-à-dire je m'établirai. Lorsqu'on voulait faire sa résidence dans une ville, on devait en informer les magistrats et leur faire connaître son nom.

— 2. Ἐπὶ τοῦ Ἰωσήφ. Voy. le chapitre XLIII de l'*Exode*.

Page 72 : 1. Ἄφες.... τί ποιοῦσι. Ces paroles sont tirées de l'Évangile selon saint Luc, chap. XXIII, v. 34 : « Mon Père, pardonnez-leur, car ils ne savent ce qu'ils font. »

— 2. Ἐκεῖ, là-bas, c'est-à-dire à Constantinople.

Page 74 : 1. Ταῦτα τὰ κωλύματα, τοὺς πολέμους τούτους. Théodose avait à débarrasser la Macédoine et la Thrace d'une invasion de barbares.

Page 76 : 1. Τοῦ δικαίου. Flavien.

— 2. Λύοντα τὴν κατήφειαν ἡμῖν. Libanius dit de même dans son discours à l'empereur Théodose : Ὅπερ ἥλιος ἐργάζεται νικῶν ἀκτῖσι νέφη, φῶς ἧκεν ἐπιστολῆς ἀπελαύνον τὸ σκότος.

Page 78 : 1. Στεφανώσαντες τὴν ἀγοράν, ayant orné la place de guirlandes. Saint Grégoire de Nazianze : Μηδὲ ἄνθεσι στέψωμεν ἀγυιὰς..., μὴ τῷ αἰσθητῷ φωτὶ καταλαμπέσθωσαν οἰκείαι.

— 2. Κατὰ τὸ προφητικὸν λόγιον. On lit en effet dans le livre de Joël, chap. I, v. 3 : « Entretenez-en vos enfants; que vos enfants le disent à ceux qui naîtront d'eux, et ceux-là aux races suivantes. »

LIBRAIRIE DE L. HACHETTE ET Cᵗᵉ,

RUE PIERRE-SARRAZIN, 14, A PARIS

(Près de l'École de médecine).

LES
AUTEURS LATINS

EXPLIQUÉS

D'APRÈS UNE MÉTHODE NOUVELLE PAR DEUX TRADUCTIONS FRANÇAISES,

L'une littérale et *juxtalinéaire*, présentant le mot à mot français en regard des mots latins correspondants ; l'autre correcte et précédée du texte latin ; avec des Sommaires et des Notes en français ; par une Société de Professeurs et de Latinistes. Format in-12.

Cette collection comprendra les principaux auteurs qu'on explique dans les classes.

EN VENTE :

LES
AUTEURS GRECS
EXPLIQUÉS
D'APRÈS UNE MÉTHODE NOUVELLE PAR DEUX TRADUCTIONS FRANÇAISES,

L'une littérale et *juxtalinéaire*, présentant le mot à mot français en regard des mots grecs correspondants; l'autre correcte et précédée du texte grec; avec des Sommaires et des Notes en français; par une Société de Professeurs et d'Hellénistes. Format in-12.

Cette collection comprendra les principaux auteurs qu'on explique dans les classes.

EN VENTE :

LES AUTEURS ANGLAIS

EXPLIQUÉS

D'APRÈS UNE MÉTHODE NOUVELLE PAR DEUX TRADUCTIONS FRANÇAISES,

L'une littérale et *juxtalinéaire*, présentant le mot à mot français en regard des mots anglais correspondants ; l'autre correcte et précédée du texte anglais ; avec des Sommaires et des Notes en français ; par une Société de Professeurs et de Savants. Format in-12.

EN VENTE :

SHAKSPEARE : *Coriolan*, par M. Fleming, ancien professeur de langue anglaise à l'Ecole polytechnique. Broché.................................... 6 fr. »

LES AUTEURS ALLEMANDS

EXPLIQUÉS

D'APRÈS UNE MÉTHODE NOUVELLE PAR DEUX TRADUCTIONS FRANÇAISES,

L'une littérale et *juxtalinéaire*, présentant le mot à mot français en regard des mots allemands correspondants ; l'autre correcte et précédée du texte allemand ; avec des Sommaires et des Notes en français ; par une Société de Professeurs et de Savants. Format in-12.

EN VENTE :

LESSIN : *Fables* en prose et en vers, par M. Boutteville, professeur suppléant de langue allemande au lycée Bonaparte. Broché...................... 2 fr. 50 c.

SCHILLER : *Guillaume Tell*, par M. Th. Fix, professeur de langue allemande au lycée Napoléon. Broché.. 6 fr. »

— *Marie Stuart*, par le même.................................... 6 fr. »

LES AUTEURS ARABES

EXPLIQUÉS

D'APRÈS UNE MÉTHODE NOUVELLE PAR DEUX TRADUCTIONS FRANÇAISES,

L'une littérale et *juxtalinéaire*, présentant le mot à mot français en regard des mots arabes correspondants, l'autre correcte et précédée du texte arabe.

EN VENTE :

LOKMAN : *Fables*, avec un dictionnaire analytique des mots et des formes difficiles qui se rencontrent dans ces fables, par M. Cherbonneau. 1 vol. in-12. Prix, broché... 3 fr.

HISTOIRE DE CHEMS-EDDINE EL NOUR-EDDINE, *extraite des Mille et une Nuits*, par M. Cherbonneau.. » »

DE L'IMPRIMERIE DE CH. LAHURE (ANCIENNE MAISON CRAPELET)
rue de Vaugirard, 9, près de l'Odéon.

www.ingramcontent.com/pod-product-compliance
Lightning Source LLC
Chambersburg PA
CBHW060431260626
47161CB00005B/1880